狙われたシリウス

山田典宗

狙われたシリウス

山田典宗

主な登場人物

本城健二　サンフランシスコ在住の科学者、経営者、情報端末シリウスを発明
徳永陽子　大手通信会社社員
ニーナ　不思議な能力を持つネイティブアメリカンの若き女性
本城佑子　本城健二の亡き妻
山川大吾　弁護士、徳永陽子のフィアンセ
添田一郎　内閣総理大臣
山本和男　経済産業省事務次官
石原龍一　大手通信会社社長
ディック・ラーキン　健二の旧友、物理学の教授

1

ソーサリートの崖の上に男の家はあった。

ヨットハーバーを見おろす、サンフランシスコの中でも裕福な者たちが住むところである。

やわらかい朝の光が差し込み、寝室のカーテンが風に揺れている。

パタンと音がして男は目を覚ました。

枕元の写真立てが風で倒れていた。妻と一緒に撮った写真である。

男は体の向きを変えてそれを直すと、そばにあるデジタルカメラを手にとり、仰向けになって一枚の写真に見入った。

ラジオにスイッチが入り、軽快な音楽が流れてきた。

男はベッドから降りてシャワーを浴びに行ったが、シーツに残されたデジタルカメラの液晶には、緊張した面持ちで顔を向ける一人の女が写っていた。その肩越しに、日本のドリーム・ワールドの大観覧車らしきものがぼんやりと見える。

男がジャガーを運転して家を出た。

男の名前は本城健二、四十二歳。背が高く、痩身《そうしん》でハンサムな男である。今や最先端テクノロジーの世界で彼の名を知らない者はいない。科学者であるとともにサンフランシスコの中心街で大きなコンピュータ会社を経営しているが、昨年のクリスマスに妻を亡くしていた。

車の中でカタカタと音が鳴り続けていた。

助手席に置いたバッグの留め金がはずれている。

物を詰めすぎたようだ。運転しながら何度か留めようとするが、なかなかうまくいかない。

ゴールデン・ゲート・ブリッジを渡り始めたとき、とうとう健二はハンドルから両手を放してバッグを押さえつけ、無理やり留め金をとめた。

次の瞬間、真っ赤なストップランプが猛烈な勢いで目に飛び込んできた。

（ぶつかる！）

反射的にブレーキを踏んだ健二は、幸運にも、間一髪のところで追突を免れた。

助手席の下に落ちたバッグを拾って顔を上げると、次々に人が前に走っていく。振り返ると、後ろのドライバーも車から降りて走り出した。

何か起きたようだが、前の大型トレーラーが邪魔で何も見えない。

フリーウェイでの停車や歩行は禁じられているはずだ……。健二は迷ったが、あたりにパトカーがいないのを確かめると自分も車から降りた。

前方に大きな人だかりができていた。

橋の欄干の上に若い男が立ち、女がその足首をつかんで必死に周りの者に助けを求めている。男が健二の方に顔を向けた。

男との間にはまだ距離があったが、健二は思わず足を止めた。男の動きも止まった。再び歩き出そうとした瞬間、男は女を蹴飛ばし、空中に身を躍らせた――。

まるで怖いものから逃げるような、一気のジャンプだった。

半円状の人だかりは一瞬にして蜘蛛の子を散らすように広がり、人々の視線が男の落ちた海面付近に集中した。

やがて、止まっていた車が動き出した。

健二も急いで車に戻りかけたが、少し離れて止まっている赤いポルシェが気になった。サングラスをした白いドレスの女が車の脇に立ち、ドアに手をかけたまま、こちらをじっと見ている。立ち止まって目を凝らすと、女はすっと運転席に消えた。

健二は車のエンジンをかけた。

後方を確認して車を発進させると、ミラーの死角に入っていたのか急に赤いポルシェが横に現れ、サングラスの女が正面を向いたまま笑みを浮かべて走り去った。

二〇一〇年九月のことである。

2

およそ二ヶ月前の日本——東京。

ある国際会議が開かれようとしていた。

会議の舞台となったホテル前には、昼過ぎから次々と黒塗りの高級車が止まり、ＳＰを伴った政府要人や外国の大使らが降りてきた。日本人なら多くの人が知っている大企業の社長たちも相次いでホテルに入ってくる。

ロビーの一角に、社長の到着を待つ二人の女の姿があった。

若い方の女があたりを見回して言う。

「すごい顔ぶれですね」

年上の女は正面玄関から目を離すことなく黙っている。

車が止まり、六十代と見られる白髪の紳士が颯爽《さっそう》と降りてきた。

「社長が来られたわ、行きましょう」

二人は急いで男に歩み寄った。

「お疲れ様でございます」

二人同時に挨拶をしたが、社長と思しき男は若い女に目を留め、「きみが徳永陽子さんかね。

今日はよろしく頼むよ」とだけ言い残してその場を後にした。

徳永陽子は、日本を代表する大手通信事業会社の社員である。この春に東京の本社から北海道支店に転勤になっていた。心臓が悪い母親の為に少しでも近くにいてやりたいとの思いから、人事部に頼み込んで異動させてもらったのである。

連れの女は、課長職にある桜井まりこで、陽子の東京時代の上司である。

「どんなに素晴らしい性能を持った情報端末も、搭載されるコンテンツが充実していなければ、話をするだけの道具で終わってしまいます。世界に誇る日本の技術を結集した情報端末に、それにふさわしい超一流のコンテンツを搭載する。これが私たちの使命です」

桜井まりこは、常日頃からこの言葉を口にしていた。陽子は、厳しい彼女の指導のもとでビジネスセンスを磨き、短期間で新しいプロジェクトを任せられるだけの優秀な人材に育っていた。

午後一時になり、総務省職員の司会で会議が始まった。

自由党の党首であり、日本国の総理大臣である添田《そえだ》一郎が冒頭の挨拶を行った。

自由党は一時期、参議院において過半数の議席を野党に奪われるという前代未聞の大失態を演じたが、その後、添田一郎の登場によって再び衆参両議院で第一党に返り咲いた。

「日本国総理大臣の添田一郎でございます。本日、ここに、世界的レベルでの情報通信システムに関して具体的な発表ができるということは、まことに喜ばしい限りであります。お集まりいただいた世界各国の皆様には、既に何らかの形でこのプロジェクトにご協力いただいておりますが、この場を借りましてあらためて御礼申し上げます。なお本日は、端末機のプロトタイプをお見せするとともに、制限付きではありますが、この会場で実際にシステムを動かしてみたいと思います」

その発言に参加者のほとんどが驚いた。

そもそもこのプロジェクトは、悪化する地球環境を守る目的で設立された地球環境保全機構の常任理事国を務める日本が、その中心的役割を果たす代替エネルギー分科会において提唱し満場一致の決議をもって導入されたものだが、実現にはまだ数年かかると思われていた。端末の試作機は見られるだろうとの噂は流れていたが、システムの一部といえどもそれが稼動するところが見られようなどとは誰も思っていなかった。

ザワザワとした空気が会場全体に広がった。

「我が国日本は、戦後、先進国の仲間入りを果たすとともに、今日の国際社会において若干なりともリーダーシップを発揮するまでになりました。それは、どんな逆境にあっても忍耐強く秩序を保ち、相互扶助の姿勢を忘れることなく生きてきた我が国の国民性によるところ大であります。また、日本人の遺伝子ともいうべき勤勉さは、世界に誇れる技術を数多く誕生させてまいりました。このシステムもその一つであります。私は、日本人であるということを大いに誇りに思い、これからも世界貢献に一役買ってまいりたい思っております」

添田は、勿体ぶるように言葉を止め、さらに続けた。

「さて、現実的な話となりますが、本システムの稼動によって生み出される利益の配分につきましては、先般、極秘で行われました事務レベル協議において各国の政府の方々にお伝え申し上げたとおりであります。なお、ご提示申し上げた数字につきましては、変更するつもりもなければ、協議に応ずるつもりも全くございません。悪しからず」

強気の発言である。

添田は、背は低いが、がっちりとした体格で色は浅黒く、見るからにエネルギッシュである。声も太く、手も大きい。

添田はこの計画を「ブラボー計画」と名付けて話を終え、会場は割れんばかりの拍手に包まれた。

「続きまして、このプロジェクトの立役者、本城健二博士の手によりまして、実際にシステムを動かしてご覧にいれたいと思います。なお、先ほどもお願い致しましたが、これからご覧になる事柄につきましてはくれぐれも口外なさいませんよう、重ねてお願い申し上げます」

すべての出席者は、会議の開催に先立ち、詳細に内容が記された守秘義務に関する契約書に署名させられていた。

国際会議は夕方五時に終わった。

一人でホテルを出た徳永陽子の上気した顔に風が心地良い。

会議の間、ずっと夢の中にいたような気がする。あんなことが本当に現実のものとなるのだろうか……。

陽子は、覚めやらぬ興奮の中で、今日の出来事をある男に伝えようと思った。他言は禁じられていたが、そうでもしなければこの気持ちの高ぶりはいつまでたっても治まりそうになかった。

携帯電話のキーを押したが、呼び出し音がする前に陽子は急いで電話を切った。出席していた顔ぶれや、会議場の異常なまでの厳戒態勢、そして、目の当たりにした信じられない光景が次々と思い出された。普段は何事にも動じない陽子だったが、何か恐ろしいことでも起きやしないかと不安を感じた。このことは誰にも話すべきではないと、心が警告を発していた。

会議のあと行われたパーティーには、ブラボー計画の中心となる人物が招待された。ホスト役は経済産業省の山本和男事務次官夫妻である。

事務次官とは、各省庁にあって大臣を補佐する人物であり、官僚として最高位のポストである。山本次官は、総理大臣の添田や経済産業大臣の宮崎一道、それに防衛大臣の今成雄一郎から絶大な信頼を得ていた。

「いやあ、本城先生、驚きましたなあ。あそこまでシステムが出来上がっているとは！」

水割りの入ったグラスを持ちながら、添田が本城健二に話しかけてきた。

健二は素直に礼を述べたが、

「添田さん、相変わらず威勢がいいね。今に日本がアメリカに取って代わって世界を動かす日が来るような発言だったね」と、健二のわきにいた男が言った。

「そりゃそうだろう。この計画が成功すれば、世界は俺の……おっと、まあ、そんなことはどうでもいい」

添田は、自分で言いかけた言葉に怒ったような表情をすると、それじゃ、と言ってその場を離れた。

健二のそばにいる男は石原龍一と言い、陽子の会社の社長である。

石原の会社は、移動体通信の分野において日本最大手の企業である。長年の努力が功を奏し、二年前には全世界の七十八パーセントのシェアを占めるまでになった。石原は、優秀な社員とともに技術の最先端を突っ走り、さらなる企業買収や合併を繰り返して、世界の通信網をその掌中に収めんと大いなる野望を抱いていた。紳士然たる穏やかな外見をしているが、内部には底知れぬ情熱が隠されていた。

「ところで石原さん、会議のときに、石原さんの隣に若い女性が座っていましたね」

「おっ、さすが、お目が高い。きれいな子でしょ?」

「石原さん！」

「いや、失礼失礼。徳永陽子といいます。まだ若いんですが、とても優秀です。我が社のメンバーの中で最年少です。ちょっと見では、あのように穏やかそうに見えますが、なかなかどうして、芯が強い。学生時代はしっかりと勉強してきたんでしょうな。入社試験は断トツのトップでした。ま、いわば我が社のマドンナですな。今回彼女をサブリーダーに立てています。もちろんサポートはベテランで固めていますからご安心ください」

「それにしても若い……」

「本城先生、仕事は年齢じゃありませんぞ」

本城は黙っていた。

「あ、そうだ。せっかく目を留めていただいたのに残念ですが、もうすぐ結婚するようです。弁護士のフィアンセがいて、今年の十月に式を挙げるそうです」

「石原さん、唐突で申し訳ないのですが、彼女に会わせていただくことはできないでしょうか。私は金曜日にアメリカに帰りますが、できればその前に」

突然の本城の申し出に、石原は戸惑った。

「通信部分を受け持つ御社の代表の一人ということであれば、ぜひとも帰る前にお会いしておきたいのです」

「今日が火曜日ですから、あまり日がないですね。それじゃ明日か、明後日にでも」

「お願いします」

ブラボー計画の根幹ともいえる通信システムの部分を、どう見ても三十前後の女性が統括するという。いったい彼女にどれほどの能力があるというのだろうか。直接会って確かめたかった。

それと、健二にはもう一つの目的があった。


翌日の午後六時、徳永陽子が本城健二の滞在するホテルを訪れた。

健二は、陽子を中庭の見えるレストランへと誘った。

「ブラボー計画は、本当に素晴らしいですね」

一通りの挨拶を済ませた後で、陽子は自らの緊張をほぐすかのように言った。

「それはどうも」

「昨晩、弊社の石原から、先生にお会いするようにと言われました。石原も同席するのかと思いましたが、私一人で行くようにと——。すみません、今も緊張していて……」

「どうか普通に話してください。私もそのほうがいい。フランクにまいりましょう」

「——はい」

ようやく陽子の顔がほころんだ。

高級ワインがグラスに注がれ、食事が始まった。

「背が高いですね。百六十八くらいですか？」

「え？　はい、ピッタリですが」

「やっぱり。いや、私のいとこの背格好が、ちょうどあなたと似ているものですから」

「いとこさんは、何をなさっているのですか？」陽子が興味深そうに聞いた。

「航空会社に勤務しています。国際線はなかなか大変だと言っていました」

「いいですね。実は私も、内緒で日本航空を受けたんです」

「受かったでしょ？」

「はい。でも、パイロットになるより、父がこの会社を強く勧めたので……」

「えっ？　客室乗務員ではなくて、パイロットだったのですか」

陽子の容姿から、てっきり客室乗務員だと思っていた。健二は、思わずショートカットの小さな顔を、まじまじと見つめてしまった。

健二にとって妻以外の女性と二人で食事をすることなど、これまでほとんどと言っていいほどない。白人の顧問弁護士から、女性と二人だけでの食事は絶対に避けるようにと強く言われていた。アメリカは訴訟の国である。たとえ濡れ衣であっても社長が女性問題を引き起こしたということになれば、億単位での訴訟は免れない。事実、健二の知っている大手日本メーカーのアメリカ法人社長が、この手の問題で三億円という膨大な金額を請求され、退職を余儀なくされると同時に、離婚という大きな代償を払わされていた。

　食事の間、健二は注意深く陽子を観察した。話し方、表情、知性、情緒、ユーモア、ビジネスセンスに至るまで、こと細かに陽子を知ろうとした。まるで、自らの命を託す相手であるかのように、その一挙手一投足に注意を払っていた。

　デザートのあとで少し苦めの珈琲が出されて食事は終わった。

「お別れする前に、ちょっといいですか」

　健二は、わずかに緊張を含んだ声で言った。

「実は二十日にまた来ます。そのとき時間を取っていただけますか？　二日間だけ休暇を取って東京に出て来てください。私と会うことは誰にも言わずに、もちろん会社にも内緒でお願いします」

　陽子は驚いた。

「二十日って今月の二十日ですか？」

「そうです、七月二十日です。この場所で、午後七時に待っています」

「ちょっと待ってください。急に言われても――。それは、このブラボー計画と関係があることですか？」

「それ以外のことで、あなたを呼び出したりはしません」

　毅然とした健二の言葉に、陽子は承諾した。

「それからもう一つ。あなたのフィアンセの弁護士さんの住所を教えてください。電話番号もお願いします」

健二は背広のポケットから手帳とボールペンを取り出すと、陽子の前に置いた。

陽子は一瞬とまどったが、結婚も近いと聞いたので、お祝いをさせてくださいという健二の言葉をそのまま信じ、言われるままに婚約者の住所と電話番号を書いた。

健二は陽子をホテルの玄関で見送ると、部屋に戻り、密かに抱いていた計画を実行に移すことにした。


翌朝、午前六時三十分羽田発札幌行きの飛行機に健二の姿があった。

午前八時に新千歳空港に着くと、そのままＪＲで札幌駅へ向かい、駅の片隅で携帯電話をかけた。

「はい、山川大吾法律事務所でございます」

「本城と申しますが、山川先生はいらっしゃいますか?」

「恐れ入りますが、どちらの本城様でしょうか?」

「アメリカに住んでおります。明日帰りますので、どうしても先生にお会いしたくて、朝一番の飛行機で東京から飛んできました」

「――少しお待ちください」

会社名か職業を聞いたつもりが、返ってきた予想外の返答にとまどったのだろう。怪訝《けげん》そうな声を残して女は電話を保留に切り替えた。

「弁護士の山川ですが……」

「おはようございます。本城健二と申します。初めてお電話させていただきました」

「うちの事務所をどうしてお知りになりましたか？」山川は聞いた。

日本の法律事務所では、ほとんどの場合、こうして依頼人がなぜ自分の事務所を選んだのか、そのいきさつを知りたがる。

「徳永陽子さんから伺いました」

山川大吾は何か小さく声を発したが、健二はそのまま続けた。

「徳永さんは、今日私が札幌に来たことは知りません。また、先生のところに伺うことも知りません」

わずかな沈黙のあと、山川は言った。

「先ほど、うちの事務員が、アメリカにお住まいの方ですと言っていましたが、まさかとは思いますが、ひょっとして、あの本城健二さんですか？　先日放映された『未来を語る』とかいうテレビ番組の中で話されていた――」

「そうです」

「これは失礼しました。あまりにも突然のことですので——。本城先生、実は私、これから裁判所に行かなければなりません。十時半には戻りますが、よろしければ十一時にでも」

「はい、では十一時にお伺いします」

こうして、健二は十一時に山川大吾弁護士の事務所を訪れることとなった。


北海道支店に戻る予定の徳永陽子は、まだ東京にいた。

午前九時にホテルをチェックアウトし、十一時の飛行機に乗るため羽田空港へ向かっていた。

途中で一度だけ山川大吾の携帯電話に電話をしたが、留守番電話になっていた。

(裁判所かしら?)そう思って、陽子はメッセージを残さずに電話を切った。

陽子が機上の人となっている頃、本城健二は山川大吾の事務所にいた。

二人の話は午後一時になっても終わらず、事務員たちは山川が一時半の法廷に間に合うかどうか心配でならなかった。

応接室のドアが開き、二人が出てきた。

「それでは失礼します。突然に伺って申し訳ありませんでした」健二が言った。

「気をつけてお帰りください。できるだけのことはしますので」山川大吾は力強く返した。

山川大吾の事務所を出た後、健二は、大通り公園をぶらぶらと歩いていた。

青空と白い入道雲――夏らしい陽気である。子供づれの母親や仲の良さそうな老夫婦、フリーターと思しき若者たち、ベンチで書類を開くサラリーマンなど、さまざまな人間がそこにいた。

健二はベンチに座り、山川大吾の話を思い出していた
去年の秋に、勤務先を北海道支店に転じた徳永陽子は、着任して最初の週末、旭川に住む両親に久しぶりに会いに行った。そして、翌日、一人で旭山動物園に出かけ、そこで山川大吾と運命的に出会ったという。山川は、この「運命的」という言葉を口にしたあとで、はにかむような表情を見せた。

旭山動物園は、日本で最も人気のある動物園である。決められた空間の中で動物たちを生き生きと見せる演出方法は見事というほかはない。来園者数は毎年増え続け、最近では年間三百万人を超えている。日本一を誇る上野動物園の三百五十万人にせまる勢いである。

大きな白クマが急に水の中に飛び込み、ガラス越しで見ている陽子の前にグイッと迫ってきた。陽子は思わず「きゃっ」と叫んで後ずさりし、後ろにいた人間の足を思いっきりパンプスのかかとで踏みつけてしまったという。それが僕です。陽子とは、痛い出会いでしたと、大吾は笑いながら話してくれた。

また、先日、結婚式の打ち合わせで陽子を訪ねたとき、帰る間際になって、今度開かれる東京での国際会議の話を聞かされたという。

陽子によると、総務省主催の国際会議に、アメリカやフランス、それにドイツから要人たちが来日し、日本の大手電機メーカーや精密機器、医療機器メーカーからも社長が出席するという。陽子は、自分も国際プロジェクトのサブリーダーとして、その会議に出席すると言った。陽子が顔を上気させて語るので、そんなに凄い会議に出るのか、という思いで聞いていたという。

大吾は、初対面ではあったが健二のことを信頼に値する人間だと直感したのだろう、気軽に陽子の家族状況も話してくれた。陽子の父は、先任の米国法人の社長が体調を崩したために、急遽後任として抜擢されたという。さらに、夫婦同伴でないと仕事に差し支えるぞと脅されて、一家全員でアメリカに渡ったそうだ。英語など全く分からない母と小学生の陽子は、買い物一つに不自由しながらも、習うより慣れろで、次第に英会話を身につけていった。

英語ができないと、生きていけない！　身を守るための最低限の道具だ――。子供ながらにも、身をもってそう実感したわ、と、陽子は大吾に話したそうだ。英語が話せず、いつもいじめられていた陽子に、優しく慰めながら菓子を焼いてくれた母や、疲れているにもかかわらず日本に帰る最後の日まで根気強く英語を教えてくれた父に心から感謝している、とも言ったらしい。

ふと、香ばしいにおいがした。

見回すと、屋台でとうもろこしを焼いている。健二は立ち上がって屋台の方へ歩いて行った。焼きトウモロコシは妻の佑子の大好物だった。


その日の夕方、健二は東京に戻った。そして、指定された永田町界隈の料亭へと急いだ。経済産業省の山本事務次官が先に来て、健二を待っていた。

「本城先生、今朝は早くからお出掛けになりましたね」

「えっ、どうしてご存知なのですか？」

「実は、先日の会議から、先生に身辺警護をつけさせてもらっているんです」

健二は驚いた。経済産業省の次官から警護という言葉を聞こうとは思ってもいなかった。

そういえば思い当たるふしがある。

今回の会議に出席するため日本の成田空港に着いたときのことである。

飛行機を降り、到着ロビーを歩きかけた健二は、読みかけの単行本を機内に置き忘れたことに気がついた。とても面白い本だったので、失くすのは惜しい。

戻りかけると、二十メートルほど前方で、こちらに向かって歩いてきた二人の男が足を止めた。明らかに旅行者ではない。荷物を何も持っていない。黒っぽいスーツを着て年齢は健二と同じくらいである。

一人の男と目が合った。

男は目をそらし、隣の男に声をかけると再びこちらに向かって歩き出した。健二はすれ違いざまに男たちを見たが、彼らは健二に注意を払うことなく通り過ぎていった。

滞在していたホテルから会議場へ向かうときも、不自然なことがあった。

健二がタクシーに乗り込み、発進してすぐに後ろを振り返ると、案の定、一台あとのタクシーに二人の男が急いで乗り込むのが見えた。定かではないが、成田空港にいた男たちに似ていた。

「私の身辺警護……ですか。何のために?」

「実は、ブラボー計画が関係者以外に漏れた可能性があるのです。添田総理はもちろんですが、田中外務大臣、そして特に今成防衛大臣が心配しておられます。本城先生の身に万が一のことがあってからでは困る、ということで警護をつけさせてもらっています」

「そういうことですか。でも、シリウスは平和利用のためのものです。私が狙われるようなことはないでしょう」

そうは言うものの、健二は内心穏やかではなかった。

「それはそうと、北海道にはどういうご用事で?」

「私を見張っている方々がご存知でしょう」

「見張っているとは人聞きが悪い。ま、いいですけどね。で、どちらに?」

健二は黙っていた。

「ご本人の口からぜひ――」

「札幌に行ってきましたが、きわめて個人的な用です」

健二は、それ以上の質問は遠慮してもらいたいと言わんばかりに、きっぱりと言った。

山本次官の話は、ブラボー計画に使用する情報機器をどこのメーカーのものにするか、それと、数多く使われることになる小さな部品をどこから調達するかということについて、健二の了解を得ようというものであった。

ブラボー計画には、膨大な利権が絡んでいる。健二は山本次官の用意してきたリストを前に、選定にあたってはあくまでも性能や効率を重視すべきで、それ以外のものは考慮すべきでないと強い口調で言った。

健二が目を通したリストには、日本のメーカーだけでなく、聞いたこともない外国のメーカーも多く含まれていた。利権をめぐる水面下でのバトルが始まっているということだ。健二は不愉快な気持ちになった。

争いや憎しみ、理不尽な悲しみに満ちた社会でなく、人々が心から安心して暮らせる豊かな社会をつくりたい。そして、温暖化や汚染が進み、次第に壊れていく地球をなんとかして救いたい。健二がブラボー計画にかけた思いはただそれだけである。家庭を顧みず、計画に没頭するあまり、愛する妻の孤独を受け止めることができず自死に追い込んでしまった。大きな代償を払いながら、それでも、と思って続けているこの計画が、心ない政治家や金の亡者たちの私利私欲を満たすための道具として使われることは絶対に許せなかった。

翌日、健二はサンフランシスコに向かう航空機の中にいた。

朝方サンフランシスコに着くと、そのまま会社に寄って急ぎの用を済ませ、昼過ぎには自宅に戻った。

健二の車が前庭のドライブウェイを入ると、ネイティブアメリカンのニーナが笑顔で車に駆け寄ってきた。

「お帰りなさい」

「ただいま。あれ、今日の授業はどうしたの?」

「先生の都合で休講になりました」

ニーナはサンフランシスコのダウンタウンにある日本語学校に通っており、普段の生活では不自由を感じさせないくらいに日本語がうまい。今年で十八歳になった。彼女は、銀の細工を最初に手がけたナバホ族の出身であり、目の澄んだ綺麗な顔立ちをしていた。

3

妻の佑子は、健二よりひと回り年下だった。二度にわたる偶然の出会いを経て二人は結婚した。最初の出会いは、健二が華道の先生をしている叔母の家を訪れた時である。稽古を終えた佑子と玄関で会った。この時のことを健二は覚えていない。二度目の出会いは、大学のキャンパスでだった。面白いことに、これまた先生と生徒の関係である。佑子は健二が教える量子力学の聴講生だった。この時から二人の交際は始まった。

ともに暮らした十年はかけがいのないものだった。やまとなでしこ、とでも言うのだろうか。現代女性にありがちな自己実現の欲求がほとんどなく、夫を支えることを生きがいとする女性だった。物静かで、そばにいるだけで心の平安を与えてくれる女性だった。

人前で話すことが苦手だった佑子は、華やかさと社交性が要求される海外での生活を極端に嫌っていた。健二が世界最速の処理能力をもつ小型チップを発明し、その功績をたたえる表彰式がシカゴで行われた際も、佑子は横浜の家で留守番をしていた。日本に進出するドバイの投資会社から、取締役に就任して欲しいとのオファーが夫に来た時も、偉い方々とのお付き合いは勘弁してくださいと懇願し、健二がその申し出を辞退した経緯もある。

しかし、運命は思わぬ方向へと二人を導いた。

佑子の父親が、米国滞在時代に大変世話になった人物がいた。彼は幾つかの事業を手掛けていたが、そのうちの一つに米国最大手のビデオゲーム製作会社がある。しかし、近年になって、飛ぶ鳥を落とす勢いで成長してきたゲーム業界も翳《かげ》りを見せ、さらに追い打ちをかけるように、会社を任せていた人物が多額の資金を個人的に流用し、行方をくらましたのである。

彼は、困った挙句、佑子の父親に相談を持ちかけた。

娘さんのご主人である本城健二さんは、情報通信の世界で、まさに時の人だ。取締役として、名前だけでもいいから就任してもらえないだろうか。そうすれば銀行側の受けもいい。とにかく今は、融資を受けて資金を投入し、経営陣の刷新にも話題性をもって行ない、株主の連中に必要以上に不信感を抱かれることだけはしたくない。

こうした申し出を受け、父親は健二と佑子を呼んで相談した。

「就任するからには、名前だけというわけにも行かないでしょう。どうせ行くなら、これまで米国出張のたびに事務所として借りていた場所があるのですが、そこに私の会社を作りたいと思います。最近は税務署からも、米国滞在期間は何ヶ月でしたか、とか、先方で受けた報酬はどのように税務処理をされていましたか、とか、いろいろと聞かれる機会も多くなってきているので、現地法人を作ったほうが税務処理も楽になります。仕事の面でもヨーロッパに近い米国に拠点を置くのは意味のあることです」

そう言って、健二は米国行きに強い興味を示したのである。

しばらくして、健二は取締役に就任し、米国に会社を設立した。

海外での生活を極端に嫌っていた佑子も、健二がアメリカに会社を作ったとなれば、渋々ついて来るしかなかった。子供のいない身で、夫婦が海を隔てて別々に住んだら、何のための結婚生活か分からない。それに、アメリカはパーティーの国。仕事上で夫婦同伴のパーティーが果たす役割も大きい。妻である佑子はやむを得ず太平洋を渡ったのである。


佑子がアメリカに来た二〇〇九年の四月、ジャパンタウンと呼ばれる日本街で桜祭りが開催された。サンフランシスコ近郊に住む日本人家族たちも楽しみにしている祭りである。

その日は、週末にもかかわらず、仕事があると言って、健二は朝早くから会社に出かけていた。昼近くになって、佑子は一人で車を運転してジャパンタウンに向かった。有名な和太鼓のグループが、今日の祭りのために、はるばる日本からやって来る。佑子はそれを楽しみにしていた。ピアノを学ぶためにドイツに留学した経験のある佑子は、ジャンルは違うが打楽器の持つ力強い響きが好きだった。

桜祭りと書かれた横断幕がジャパンタウンの入り口に掲げられ、そこから先は、まるで日本の縁日のような賑わいをみせていた。佑子は屋外に設けられたイベント会場にまっすぐ向かった。

しばらく待っていると、やがて大掛かりな仕掛けと共に幕があいた。

ステージをすっぽりと覆い隠していた巨大な箱が、強烈な太鼓の響きとともに一瞬にしてバラバラになり、地中からバチを持った精悍《せいかん》な男たちを乗せた舞台がせり上がってきた。

大勢の人々が、大気を震わせ、地を揺さぶる太鼓の響きと、男たちの豪快で華麗なバチさばきに興奮し始めた。

気がつくと、佑子はまわりの人に押され、ほとんど身動きがとれない。

(健二さんは、まだかしら?)

ハンドバッグから携帯電話を取り出そうとして、佑子は思わず悲鳴を上げそうになった。

(ない!)

携帯電話も財布もパスポートも、全てなくなっていた。わずかに、食べかけのチョコレートと、システム手帳から抜け落ちたボールペンだけがバッグの底に残っている。

全身から血の気が引いた。

何とか気を取り直して、人ごみをかき分けながら出口の方へ歩み始めたとき、急に気分が悪くなった。

太鼓の音が遠ざかり、目の前が暗くなってきた。佑子は思わずしゃがみ込んだ。

日本にいたとき、同じような症状に襲われたことがある。満員の通勤電車の中で突然気分が悪くなり、冬なのに汗がどっと吹き出てきたことがあった。電車から見ていた外の景色がモノトーンになり、次第に視野が狭くなってくる。倒れてはいけない。そう言い聞かせ、佑子は目を閉じて、ドアのそばの手すりをしっかりとつかんだ。

そのときのことを思い出した。

（大丈夫、もう少しすればきっと落ち着くわ）

佑子は目を閉じて、暗闇の中で不安と吐き気に耐えていた。自分のまわりに空間ができるのが分かった。人々の熱気が、佑子から遠ざかっていった。

やがて、吐き気が少し治まってきたが、まだ、背中に氷を背負っているようで、身体全体が冷えていた。

そっと目を開けると、自分を遠巻きにしている人々の足が見えた。

「大丈夫ですか？」

一人の女が、しゃがみ込んでいる佑子の肩に手を置いた。

「立てますか？」

「はい」

「ゆっくりと私についてきてください」

歩み始めた二人の前で人垣が割れ、出口に向かって細い道ができた。

イベント会場を抜けて、佑子は初めて女の顔を見た。

若い女だった。きれいなネイティブアメリカンの女である。髪を三つ編みにして、白いシャツを着て、首からターコイズをぶら下げている。ターコイズとは、緑がかった青い石のことだが、彼らはそれを聖なる石と呼ぶ。良からぬことが起きそうになると、おのずからその色を変え、持ち主に危険を報せるという言い伝えもある神秘的な石である。

「大丈夫ですか？」

「すみません。貧血を起こしたようです」

女は無言で背中をさすり始めた。

優しい手の動きに合わせて、温かいものが身体の中に入りこんでくるような感じがした。

ふと、人の気配を感じて顔を上げると、健二がそこに立っていた。

「どうした。大丈夫か？」

健二は佑子の前にしゃがみ込んだ。

「会場に入ったら、奥から人がよろよろと出てきた。まさかお前だとは思わなかったよ。気分が悪いのか？」

健二は手にミネラルウォーターを二本持っていた。

佑子はそれを受け取り、「ごめんね、心配かけて」と、小さな声で謝った。

佑子は胸のあたりが温かくなるのを感じた。その温かさは指先まで伝わってきた。

「もう大丈夫です。ありがとうございました」

佑子が礼を言うと、若い女は気遣うように「お大事に」と言って立ち去った。

「健二さん」

「うん？」

「私、盗られてしまったの」

「何を？」

「パスポートも、お金も、みんな……」

「なんだって！」

健二の声は一瞬大きくなったが、すぐにいつもの穏やかな声に戻った。

「いいじゃないか。パスポートはまた取ればいいことだし。さ、元気を出して」

そのとき、先ほどのネイティブアメリカンの女が小走りで戻ってきた。

「今、日本人の男の子が、あなたのパスポートを拾ってポリスに手渡しています。でも、お金は別の人たちが使っていて、今、食べ物をたくさん買っています」

健二と佑子は驚きのあまり顔を見合わせた。

ハンドバッグからパスポートや財布が抜き取られたことを、佑子は健二以外には話していない。

健二は女に向かって言った。

「なぜ、あなたはパスポートのことを知っているのですか？　――もしかして、盗んだやつらの仲間ですか」

一歩下がって、健二は身構えた。

「違います」

「じゃ、なぜ、そんなことが分かるのですか」

女は返答に躊躇《ちゅうちょ》している。

健二は女に歩み寄った。

「どうもおかしい。僕と一緒に警察に行きましょう」

「待って」

佑子が右手で健二を制した。

「そんな言い方はやめて。お世話になったんだから」

健二は佑子の顔を見た。

「それなら、家に来て事情を聞かせてもらおう」

健二は、ネイティブアメリカンの女に目を戻した。

「私たちの家はソーサリートですが、ここからそんなに遠くはありません。一緒に来て話を聞かせてください」

「これからですか？　警察に行くよりはいいでしょう」

女は頷いた。

ソーサリートへ向かう車中で、ネイティブアメリカンの若い女は、ニーナと名乗った。

ヨットハーバーを見下ろす広いテラスで、ニーナは海を見ていた。

夕陽を浴びて立つ、痩身の彼女は、白のシャツと身につけているターコイズの飾りで、まるで彫刻のような美しさだった。

庭で働いていた三人のヒスパニックの男たちが、「アスタ　マニャーナ（また明日）」と健二に声をかけて帰っていった。ヒスパニックとは、メキシコやキューバなどスペイン語を話す中南米の国々から移住してきた人々やその子孫のことであり、正式にはヒスパニック系アメリカ人と呼ばれる。母国語はスペイン語である。近年増加傾向にあり二年前の調査ではアメリカ総人口の約二十パーセント近くを占めるまでになっている。なかでも隣国メキシコからの移住者が最も多くその六十五パーセント以上を占めている。そのせいか、学校で教えられる第二外国語もスペイン語が極めて多い。スペイン語しか話さない人々も多い。寡黙に働くヒスパニックの人々に健二は好印象を持っていた。

テラスからはそのまま芝生に降りる事ができたが、その芝生の先は高い崖になっている。下を覗き込むと目がくらむほどである。健二は危険防止のために低い柵を設けることにして、そのための工事が行われていた。工事といっても重機を持ち込むわけではなく、先ほど帰った三人の手作業によるものである。無駄口を叩かず黙々と工事を続け、ちょうどクリスマスの日に完成すると聞いて佑子は喜んでいた。

健二は厳しい顔をしてニーナの後ろ姿を見ていた。

ニーナが振り返った。

「素敵なお住まいですね」

「それはどうも」

素性は知れずとも、妻が世話になった女である。健二はとりあえず言葉を返した。

「奥様は、ジャパンタウンによく行かれるのですか?」

「太鼓の演奏があると聞いて出掛けて行ったそうです」

「奥様は太鼓がお好きなんですね。私たちも、生まれてからずっと太鼓の音と一緒に暮らしています」

「そんなことよりも、さっきのことですが」

健二が性急に言い出したとき、佑子がテラスに出てきた。顔色がずいぶん良くなっている。三人はテラスのテーブルに座った。

「あなたは特別な力をお持ちなのですか？　あなたのそばにくると身体が温まって気分がよくなるのですが、ヒーラーというのはあなたのような方のことなのですか？」

佑子がニーナに聞いた。

「私は、まだ十七歳です。特別な能力かどうかは分かりませんが、奥様の身体に触れたとき、奥様の思っていることが伝わってきました」

「バッグの中身を取られて、ショックを受けている私の気持ちがですか？」

「はい」

「それ以外には？」

「それだけです」

実は、ニーナには、佑子の哀しみも伝わっていた。物を取られたショックとは比べものにならないほどの哀しさだった。大海原に一人で浮かぶような不安や孤独、それに、自分の存在価値を失いながら生きている寂寥感がニーナにひしひしと伝わってきていた。

佑子は、夫を尊敬するあまり、自らのいたらなさばかりが目につくようになっていった。実績を出し続ける夫に、自分は何の貢献をしているのだろうか。貢献どころか、むしろ自分は夫の足を引っ張っているのではないか。佑子は自信を失い、そこに心のほころびが生じ始めていた。「そばにいてくれるだけでいい」という優しい健二の言葉は、自分に厳しい佑子にとって何の慰めにもならなかった。

「あなたは学生さんですか?」健二が聞いた。

ニーナの表情に一瞬陰りが見られた。

「学生……でした」

何か事情があるらしい。健二と佑子はそれ以上の言葉を慎んだ。

玄関のチャイムが鳴った。

健二がドアを開けると、サンフランシスコ市警の二人の警察官が立っていた。

「本城さんですね。佑子さんという方は?」

健二はテラスにいる佑子を呼んだ。

二人の警察官は、すぐに帰っていった。

「パスポートが戻ってきたわ！　ニーナさんの言うとおりよ！」

佑子が大声で言った。

「夕食を作るわ。ニーナさん、一緒に食べていって。いいでしょ?」

佑子の明るい声に、健二はホッとした。

「ニーナさん、ぜひ食べていってください」

初対面の人と食事をともにするということに、いささかのためらいを感じたニーナも、健二の強い勧めを受け入れることにした。テラスの椅子から立ち上がり、私もお手伝いします、と佑子に声をかけると、家の中へと入っていった。

夕食のテーブルには、佑子が腕によりをかけて作った料理と、もう一品、ニーナが作った民族料理があった。

「どこに住んでいらっしゃるの？」

サラダにかけるドレッシングをニーナに渡しながら、佑子が聞いた。

「サンフランシスコに住もうと思うんですが、実は、まだ決めていないんです」

「まだって？」

「今、探しているんです」

「お住まいはサンフランシスコ市内じゃないんですか？」

健二が、ワイングラスをテーブルの上に置いて聞いた。

「昨日まで、モンテ・スプリングスに住んでいました」

「モンテ・スプリングスですか——。あそこはいいところですね」

「大学の寮にいました」

「クリン・フィールド大学の？」

「はい」

ニーナが口にするクリン・フィールド大学とは、サンフランシスコから五十六マイル、約九十キロメートル南東にある、全米で屈指の名門私立大学である。広大な敷地と、絶対的な数を誇る優秀な講師陣は全米の学生にとって憧れの対象である。健二には、クリン・フィールド大学で物理学の教授をしている友人がいた。

「学校はどうしたんですか？」

「事情があって、退学しました」

その場に重苦しい雰囲気が広がった。

「あっ、そうだ。セーラにご飯をあげなくちゃ」

佑子が椅子から立ち上がると、ソファの上にいた小型犬が、クーンと甘えたような声をだして佑子のあとを追った。セーラと呼ばれたその犬は、一歳になるシェットランド・シープドッグである。健二の知り合いの獣医が、半年かけて探してくれた血統書付きの雌犬だった。

佑子はセーラをとても可愛がった。不安な気持ちで佑子がサンフランシスコ国際空港に一人で降り立ったとき、迎えてくれたのは、健二とセーラだった。

「今夜はどこに泊まるの？」佑子がニーナに聞いた。

「友だちの家に泊まります」

「明日からは?」

「明日は、不動産のエージェントと十時に会うので、そこで決めるつもりです」

「ねぇ、健二さん。うちに泊まっていただいてもいいかしら?」佑子が健二に聞いた。

健二は佑子の言葉に驚いた。

普段から、佑子が自分の方から健二にものを頼んだりすることなどは、ほとんどなかった。アメリカに来てからは皆無と言っていい。それが、初対面の人を、いきなり家に泊めると言う。確かに誠実そうな人柄は伝わってくるが、健二はまだ警戒心を解いていなかった。

「友達の所に泊まらなくて大丈夫なの?」

健二は言った。

「大丈夫よね、ニーナさん」

どこが気にいったのか、佑子はどうしても、ニーナを家に泊めたいらしい。

「ええ、私のほうはかまいませんけど、でも、ご迷惑じゃ……」

ニーナは健二の方を見て言ったが、健二は視線を合わせなかった。

「そんなことないわ、さ、お友達に電話してしまいましょう」

佑子は嬉しそうに、電話機をニーナに手渡した。

その日からニーナは、佑子の大切な友人として、また英語の家庭教師として一緒に住むことになったのである。

家の中にバスルームが四つもある健二の家は、住人の一人や二人が増えたとしても全く気にならないほどの広さがあった。床は大理石で、階段の幅は、幼稚園の子供たちが六人横に並んでもまだ余裕があり、居間はフットボールの肩慣らしができるほど天井が高くて広かった。館という言葉がふさわしいほどの住まいである。

健二は、アメリカ国内だけでなく日本やヨーロッパへの出張も多かったが、佑子にとって、健二のいない寂しさを紛らせる若い友達ができたことは何よりも嬉しかった。

健二は明るさを取り戻しつつある佑子を見て、ニーナを同居させたことは正しい選択だと思えるようになった。ニーナに対する警戒心も次第に解けていった。

健二の仕事は、その後ますます多忙を極めた。

出張は以前より減ったが、会社の研究室に泊まりこむ日々が増えていった。研究室といえば聞こえはいいが、ほとんど工場に近いものである。

健二の会社は、サンフランシスコ市内の一等地に建つ五十階建てのオフィスビルの中にあり、四つのフロアを借り切っていた。

三十五階は役員専用のフロアで、大きな会議室の窓からは、かのアル・カポネが収監された監獄があるアルカトラズ島が、サンフランシスコ湾に浮かんで見えた。すぐ下の三十四階では対外的な日常業務が遂行され、三十三階と三十二階のフロアは、研究・開発部門にあてられていた。オフィスビル全体の警備はしっかりしていたが、三十三階は特に厳重な警備体制がとられ、役員の中でもごく限られた者しか入ることができなかった。

全く音のでない旋盤、カッター、そしてドリル。思いのままに立体を創ることができる三次元モデリングマシン。そのほかにもいくつかの工作機械が所狭しと置いてあり、奥のラックには加工用の金属素材などが並べられている。どんな試作品でも、外部に漏れることなくタイムリーに創り出すことができた。

佑子は、仕事の内容を詳しく聞いたことはなかったが、日ごとに口数が少なくなっていく健二をみて、今度の仕事は以前とは比べものにならないほど重要なものだろうと思っていた。

ソーサリートの家は、あるじ不在のままでも、佑子とニーナ、そして絵本の中から飛び出てきたような可愛い子犬のセーラがいることで、外に向かって見えない光を放っていた。

佑子がアメリカに来て、初めての夏が過ぎ、秋が来た。

十月に入ると、時折ニーナが部屋に閉じこもることがあった。夜中に、居間に置き忘れたニーナの携帯電話が鳴り続けることもあった。健二は相変わらず忙しく、週末にならなければ三人が家に揃うことはなかった。

「ニーナ、今度の週末にドライブに行かない？　週末なら健二さんも一緒に行けるし」

佑子が、前庭の芝生の草を抜きながら言った。

佑子の車を洗っていたニーナは、手を休めて、ゆっくりと歩いて来た。

「佑子さん……」

「どうしたの？」

「私がいなくなっても、大丈夫ですか？」

「いなくなるって、どこかへ行くの？」

「佑子さんの英語は上手になったし、前よりもたくさん笑うようになったわ」

それ以上は言わずにニーナは黙っている。

「中に入りましょう。セーラ、おいで」

少し離れた所で蝶を追っていたセーラは、クルッと振り向くと一目散に駆けてきた。

佑子はニーナが好きだという日本茶を淹れた。

「あなたがこの家に来てから、もう半年になるのね」

「すっかりお世話になってしまって……」

ニーナは申し訳なさそうな顔をした。

「そういう意味で言ったんじゃないの」

佑子は、二の句をつげなくなってしまった。

週末に健二も加わり、ニーナの本心を聞いてみたが、ニーナは決して心のうちを明かさず、時が来たら出て行こうと思いますと繰り返すだけで、どこへ行くのか、いつ出て行くのかさえも話さなかった。

しばらくして、健二が泊まりがけの仕事を終えて帰宅する朝、ニーナは行き先を告げずに、こっそりと家を出てしまったのである。

ニーナのいなくなった部屋はきれいに片付けられていた。かすかにニーナが好んだオーデコロンの香りが漂っている。

佑子は窓辺に寄り、レースのカーテンを手で除けた。

佑子は思った。

ニーナは何を思っていたのだろう。夜にはここから見える街の灯を見て、朝には木立を訪れる小鳥たちのさえずりを聞きながら、何を思っていたのだろう……。

佑子にとってニーナの存在は大きかった。

彼女が去ってから、佑子は日に日に笑みを忘れていった。

健二が佑子を気遣って、仕事の合間を見つけては電話をかけた。忙しいなか、夕食の時間には必ず家に戻って一緒に食べるように心がけた。

しかし、いつも午後十時を過ぎると、寂しそうな顔をする佑子のひたいに軽くキスをして、ごめんねと言いながら車で会社へと戻って行く。仕事は時差を超えて世界レベルで進んでいた。

ニーナが姿を消して一週間ほど経った頃、健二は手がかりを探すべく、クリン・フィールド大学の物理学の教授であるディック・ラーキンに電話をかけ、ニーナが出ていくまでの経緯を話した。

三日後、ディックから連絡があり、健二はクリン・フィールド大学を訪れた。

ノートを小脇に抱えて楽しそうに歩いている学生たちを見ると、健二は佑子と出会った頃のことを思い出した。

当時は、量子力学の講師として日本の大学で教鞭をとっていた。講義を終えてキャンパスの銀杏の木に寄りかかって本を読んでいると、急に眠気が差し、いつの間にかウトウトとしてしまった。ふと人の気配を感じて目を開けると、女子学生が二人、はにかみながら目の前に立っていた。

背の高い方が、面白がるように言った。

「先生、すみません。この人が、先生にお聞きしたいことがあるそうです」

健二がもう一人の方に目を向けると、その学生は恥ずかしそうに頭を下げた。それが佑子だった。

後になって佑子が言うには、その日、健二の後ろを歩きながら、突然、「この人と結婚することになるわ」と思ったという。何の脈絡もなく、ただそう思ったらしい。

「なぜあんなことを思ったのかしら……」と、恥ずかしそうに言う佑子の言葉に、健二は運命を感じた。

健二は唯物論に生きる人間ではないし、公衆の面前で、自分は無神論者であると言い放つような人間でもない。科学を生業としてはいるが、これまでの人生で何度も目に見えないものの存在を信じざるを得ない出来事に遭遇してきた。

その一つは、宇宙で作業にあたるロボットの腕を設計してほしいと依頼された時のことである。健二の会社の技術力を認めたうえでアメリカの有名な会社が依頼してきた。しかし設計の最終段階に入って、どうしてもある部品を入れるための隙間がとれない。キャドを使って何度も何度も部品を組み込むべく設計し直してみるが、二日間の徹夜の結果、不可能と判断せざるを得なかった。コンピュータをもってしても不可能なものをどうして組み込むことができようか——。健二はあきらめてベッドに入った。そして、健二は夢を見たのである。夢の中で、健二はパズルのように次々と部品の位置を移動していくと、そこに小さな隙間が出来上がった。その隙間に、入れようとしている部品をあててみると、不思議なことにすっぽりと収まってくれた。健二は跳ね起きた。コンピュータに向かい、夢の中の出来事を再現するように設計し直すと、見事なまでに完璧なロボットの腕が出来上がったのである。何かの力が働いたと考える以外に、こんな事は起こり得ない。感謝と喜びで健二は無意識のうちに胸の前で手をあわせた。

同じようなことを健二の知り合いの外科医も言っていた。手術中に、もうだめかと思った瞬間、手が無意識のうちにすっと動いて、見事に手術を終わらせることができたという。その彼は無宗教であるが、今までの経験から見えない力の存在だけは信じると言っていた。

科学に携わる者が、科学では証明されないものごとを信じる——これは昔からのことであろうが、科学の世界に身を置いている以上、口に出すことが命取りになってしまうであろうことは理解できる。いずれにしても、科学が進歩すればするほど、結果として対極にある神秘性に光をあてることにもなるだろう。科学が宗教に近づき、いずれ二つが融合して新しい世界観が誕生するかもしれない。

そんなことを日頃思っていた健二が、佑子との出会いを運命的な出会いと感じたのである。

佑子は大学で日本文学を専攻していた。今ではほとんど死語に近い、おくゆかしさを感じさせる女子学生だった。それが、およそ畑違いの講座を選択したのは、父親の強い勧めによってだった。

佑子にとって量子論の講義はいまいち興味がなかったが、出席を重ねるうちに、健二の研究に対する真摯《しんし》な姿勢に強く魅かれていった。「世の中に新しい価値を生み出そう」と言い続ける健二の言葉は、佑子のみならず多くの学生に勇気を与えていた。

健二がそんなことを思い出しながら行き交う学生たちを見ていると、ディック・ラーキン教授の声がした。

「おーい、ケンジ！」

長身で上品な顔立ちのディックが、大勢の学生たちに囲まれながら歩いている。

「ひさしぶりだな、ケンジ。佑子さんは元気か？」

大きな声を出して手を振っている。

健二は芝生から立ち上がり、手を上げて応えた。

ディックが、取り巻きの学生に午後からの試験のヒントをちょっと教えると、彼らは即座にディックを解放した。

「研究室でサンドイッチでも食べながら話すとしようか」ディックが言った。

アメリカに来て十年以上経つというのに、イギリスの上流階級の人々が話す独特のアクセントが、彼の口からはいまだに抜け切っていない。

研究室に入ると、机の上に、内緒で学生課から借りてきたというファイルが置いてあった。

ディックはその中の一枚を抜き取ると、健二に渡して言った。

「この子か？」

「ああ、間違いない」

ニーナの顔写真が貼ってあった。医学部専攻の一年生である。成績が特別優秀であることを示す金色のシールが左上に貼られていたが、右下には学籍末梢という赤いスタンプが押してあった。

「抹消――か。理由は？」

「ノーコメント。学内の決まりだからね」

ディックはファイルを閉じた。

モンテ・スプリングスからの帰り道、健二は車を運転しながらずっと考えていた。

医学部の学生だったのか――。

大学をやめさせられるとは、いったいどんなことをしたというのか。

優しくて思いやりが深く、神秘的な力を持つあのニーナは、どこで何をしているのだろう。


ニーナの消息は一向につかめないまま、サンフランシスコの街はクリスマスの飾りで覆われるようになった。佑子はダウンタウンに出かけ、健二のためにモンブランの万年筆を買った。ほぼ一日歩き続け、心をこめて買ったクリスマス・プレゼントだった。

十二月に入ると、健二は仕事に一応のめどがついた。それでも、夕食を済ませると佑子と話す時間も惜しむように書斎に入り、夜遅くまでコンピュータのキーボードを叩いていた。

ある朝、まだ夜が明けきらないうちに佑子が目を覚ますと、健二は既にベッドから抜け出て、窓から外を見ていた。

「眠れないの？」

佑子が声をかけた。

健二は振り向いて、佑子のベッドに座った。

「あさって日本に行くよ。今年最後の出張になるけど、一緒に行かないか？」

健二は、佑子を一人でサンフランシスコに残しておくことに不安を感じた。ニーナがいた時は安心だった。佑子より十三歳年下のニーナは、年の離れた本当の妹のようで、二人はとても仲が良かった。

「どのくらい行くの？」

「四日間」

「そう」

「一緒に行かないか？　行くなら、日本での滞在を二日延ばすよ。日本で過ごすクリスマス・イブもいいもんだよ」

佑子はベッドから体を起こした。

「私、待ってるわ」

「行かないのか？」

「四日間だけでしょ？　だったら、ここで待ってる。それに芝生の柵のこともあるし……」

気のせいか、佑子がひと回り小さくなったように見える。どこか身体の具合でも悪いのだろうか。アメリカに連れてくるべきではなかったのではないか。

駐在員の妻が、慣れない環境のために適応障害に陥り、日本に帰ってしまうことが往々にしてある。言葉の問題以外に、子供の教育、夫婦同伴のパーティーなど、それらが大きなストレスになると聞いているが、佑子には子供もいないし、パーティーといっても、会社の社員を集めて家でやったパーティーが二度ほどあるだけだ。単に行きたくないだけなのかもしれない。大げさに考えるのはやめようと健二は思った。

「ねぇ、着ていくものは大丈夫？　アイロンをかけ忘れているシャツはないかしら」

健二は、その言葉で佑子を日本に連れて行くことを断念した。


十二月二十四日早朝、東京に雪が降り始めた。

昼になってもやまず、都心の交通障害が懸念された。

「本城さん、早めにお出になったほうがいいでしょう。玄関に車を回しておきました」

港区にある大手電機メーカーの役員室で、一緒にプロジェクトを進めている担当常務の男が言った。

「それでは、今年はこれで……。皆さん、良いお年をお迎えください」

健二は、居並ぶ役員たちに挨拶をして会議室を後にした。

成田空港へ向かう途中、航空会社から健二の携帯電話に連絡があった。

十八時発サンフランシスコ行きは、雪による滑走路閉鎖のため欠航になったという。

健二は佑子のことが気になった。サンフランシスコは今、午前零時を少し回ったところだ。たぶん寝ているだろう。やはり一緒に連れてくればよかった。

「どうしますか、都内に戻りますか？」

運転手が聞いた。

「そうですね。お願いします」

車は大渋滞に巻き込まれ、午後十時を過ぎてやっとホテルに着いた。

健二は、佑子にかける電話を二時間だけ待った。

午前零時になった。サンフランシスコは朝の七時である。健二は佑子に事の次第を告げた。

「気にしないで。明日には帰って来てくれるんでしょ？　時間があるなら、あなたのスーツでも見ていらっしゃれば？　こんな時でなければ、ゆっくりと見られないでしょうから」

起き抜けの声ではあったが、佑子の声は健二を安心させた。

都心の雪は小降りになり、健二が眠りにつく頃には、完全に止んだ。

(初めてだわ、イブに一人っきりなんて)

健二からの電話を切ったあとで、佑子は思った。

佑子の育った家では、クリスマス・イブはいつも家族や親戚が集まり、夜遅くまで楽しく過ごした。ただ、佑子が結婚する前に、父親不在のクリスマスが二回だけ続いた。

佑子の父は、脳外科医だったが、五十代に入って急に目が悪くなり、不本意ながらメスを置いた。そんな失意からか、家族には休養の旅だと言って、単身でアメリカに渡ってしまった。その実、休養とは裏腹に、持ち前の負けん気と情熱で新しいことに挑戦し、今度は心療内科医となって日本に帰ってきた。佑子は高校三年になっていた。

「おい、佑子。そのうち、花や野菜とも話をすることができるかもしれんぞ」

佑子の父いわく――。

人も物も、細分化が進むと最後は原子に辿り着く。原子は、原子核と電子から構成されているが、原子核はさらに、陽子と中性子から成る。これは不滅の真理であり、同じ原子である以上、人からモノへ、モノから人へと意志が伝わることも有り得ないことではない。

俺たち人間は、知らず知らずに自然や動物たちとコミュニケーションをとっているにもかかわらず、ただそのことに気づいていないだけなのだろう。

こんなことを真面目に言い続ける父親に、佑子は多少なりとも感化された。量子力学という言葉が佑子の頭の片隅に宿り、健二と佑子を結び付けるのに一役買うことになった。

健二のいないクリスマス・イブ。佑子は心細かった。しかし、明日には帰ってくると思うと、気分が楽になった。


クリスマス・ソングが流れる街に夜のとばりが降り、ヨットハーバーに停泊している船にも灯りがついた。

日本で俗に言うヨットは、アメリカではセイルボートと呼ばれている。アメリカでヨットと言えば、発動機などの推進機関はもちろんのこと、シャワー室やキッチンを備えており、中にはレーダーまで積んで外洋の航海を可能にしているものまである。

時折、開け放たれた窓から風に乗ってクリスマス・ソングや笑い声が聞こえてくる。

健二のことを思いながらクリスマスカードを書いていた佑子は手を休めた。

「テラスに出てみる?」

足元に伏せていたセーラに声をかけると、セーラはピョコンと立ち上がり嬉しそうに尻尾をふった。

外の空気を吸って、佑子が気持ち良さそうに大きな伸びをすると、セーラもそれを真似るかのように、姿勢を低くして前足を突っ張り腰を高く上げてノビをした。

入り江に沿って三日月状に続く街の灯りと蒼い海に点在するヨットの灯り、そして夜空にきらめく星の数々——。あまりにもきれいである。

「写真を撮ろうか?」

「ワン」

「カメラを持ってきてくれる?」

「クゥゥ……ン」

「そこまでは無理よね」

佑子はセーラの頭を撫でながらカメラを取りに行った。

つい最近買ったばかりの薄いデジタルカメラで、佑子専用である。とても軽く、次の機種はカードになってしまうんではないかと思えるほど小さい。健二のカメラもあるにはあったが、それは仕事専用で佑子が使うことはほとんどなかった。

佑子はテラスからの写真を一枚撮ると、裸足で芝生に降りた。

午前十時、サンフランシスコ国際空港に日本からの旅客機が定刻通り到着した。

健二は、右手に子供の大きさほどもあるスヌーピーのぬいぐるみを抱えながら、恥ずかしそうに飛行機から降りてきた。佑子は犬が大好きで、小さい時から犬と暮らしてきた。実家には今も大きなラブラドール・レトリーバーがいる。盲導犬に使われている犬である。

「お子さんへのクリスマス・プレゼントだね」

「ママー、わたしもあれが欲しい！」

乗客たちが声をかけて通り過ぎていった。

通路を曲がって入国手続きの流れにのろうとしたとき、前方から航空会社の社員が走ってきた。いとこの女性だった。

「おっ、ただいま」

「こっちへ来て！」

その女性は、スヌーピーのぬいぐるみを取り上げると、健二の手を引っ張るようにして歩き出した。

国賓や政治家たちが使う特別待合室に入ると、彼女は告げた。

「奥様が、亡くなりました」

健二は耳を疑った。

「佑子さんが、亡くなられたの」

健二の顔がみるみる青ざめた。そして、犬のぬいぐるみを女性の手から取り戻すと、一言も発せずにその場を立ち去って行った。

その日サンフランシスコ市警察は、佑子の死を、環境に適応できずにいることを苦にした飛び降り自殺であると発表した。

突然の佑子の死で、健二は人が変わったようになった。すべての感情が、厚い氷の中に閉ざされ、その氷は二度と融けることはないように思われた。目覚めても、常に闇の中にあって、陽の当たる朝は来なかった。

健二は、会社を休むことこそなかったが、三十五階の社長室に一人でいることを嫌った。そして、部下のいる三十三階の研究フロアで一日を過ごすことが多くなった。健二はこれまで以上に仕事に没頭し、佑子を失った悲しみを紛らわせていた。

佑子が亡くなって十日程たったある日のこと。姿を消していたニーナが突然帰ってきた。

驚く健二を前に、ニーナは静かに話し始めた。

実は、亡くなった祖父を見たんです。この裏庭の芝を刈っていたときです。

芝刈り機の方向を変えたとき、おやっと思いました。セーラちゃんが、芝生の上に伏せたまま、私の後ろをじっと見たまま動かないんです。私が動いても、同じ方向を見つめたままでした。さすがに気になって振り返ると、芝生の先の崖っぷちに、亡くなったはずの祖父が立っていたんです。祖父は私を見て微笑んでくれましたが、すぐに哀しそうな表情になりました。

村では、みんなが騙されている。大変なことになる前に、早く帰って助けてやれ。そんな声が心の中に聞こえてきました。でも、私には人を騙すような人たちと戦えるだけの知識も度胸もありません。そう思うと、また祖父の声が伝わってきました。

無理じゃない。わしの姿が見えたということは、特別な力がお前に備わったということだ。これからは、目で見るのではなく心で見るようにしなさい。そう言ったんです。意味がよく分からないので聞き返そうとすると、祖父の姿は薄くなり、空に溶け込んでしまいました。

私の村は石の採掘と加工で成り立っています。人々は豊かではありませんが、不足を思うこともありません。そんな暮らしをずっと続けてきたのですが、去年の秋、私の家の周辺が大騒ぎになりました。祖父が残してくれた広い土地の下に、隕石にしか無いと言われていた成分を持つ石の鉱脈が発見されたのです。特殊な周波数を発するらしいのですが、その発掘が始まるということは、父からの電話で知っていました。村も豊かになるでしょうから、私はそのことで何か問題が起きたのかと思いました。

でも、現実はそうではありませんでした。私が、ナバホの村へ帰ると、家族は大変な目に遭っていました。祖父の土地がそっくり他人の手に渡るところでした。

祖父が多額の借金をして、その土地を全部担保に入れていたというのです。家族はそのことを全く知りませんでした。返済がないままに期限が過ぎたため、約束どおり土地をもらうということなのです。弁護士が持参した契約書がありました。

でも、結局その話は嘘でした。土地を奪われることもありませんでした。私はそのとき初めて祖父から与えられた力を使い、契約書がにせものであることや、弁護士だという男が最近アメリカで活動範囲を拡げている有名な詐欺グループのボスであることも突き止めました。

私が夜空を見上げて祖父にそのことを報告したとき、一つの星がエメラルドのように輝いて大きく流れるのを見たのです。白人の皆さんがクリスマス・イブと呼ぶ夜のことでした。

翌日、母が私に、「緑の流れ星を見たんだってね。誰か、知り合いの人でも亡くなったのかい？」と聞きました。天空を横切る緑の光――。それは、身近な人の死を暗示するとの言い伝えがあるそうです。私はその言葉で、佑子さんの死を感じました。そして、急いでこちらへ向かいました。

お世話になったお二人に何も言わずに出ることはとても辛いことでした。何度も本当のことを話そうと思いました。でも、「亡くなったはずの祖父が現れて、行けというから行きます」などとはとても言えませんでした。それに、もし私が出て行く理由を誰かに話してしまえば、私だけでなくその話を聞いた人にも良くないことが起こるだろうと祖父は警告していました。祖父は不思議な力を与える代わりに、私の心を試そうとしたのでしょうか……。私が話してから家を出るべきだったのでしょうか……。佑子さんの死は、私が原因だったのでしょうか……。


ニーナは涙声になりながら話を終えた。

しばらく黙っていた健二は、

「佑子のことで、何か見えませんでしたか?」と聞いた。

「……」ニーナは涙を手でぬぐって顔を上げた。

「村を救ったあなたなら、佑子のことも何か見えたでしょう」

健二はニーナの目をじっと見て返答を待った。

「そこまでは……」そう答えると、ニーナはうつむいてしまった。

「できませんでした。何度やってもだめでした。私にはまだ力が足りません。村のことは偶然かもしれません。ごめんなさい。本当にごめんなさい」

話を聞き終えた健二は、何も言わずに立ち上がりテラスに出た。青と白の帆をつけた一隻のヨットが外洋に出て行くのが見える。

ニーナがそばにきた。

「健二さんのことが心配です。これからときどき、顔を出しますね」

健二は海を見つめたまま、その言葉を背中で聞いた。

4

健二と通信事業会社の社員徳永陽子が約束を交わした、二〇一〇年七月二十日がやってきた。健二は日本に着くと、神田の古本屋街をぶらぶらと歩き、午後六時過ぎに滞在先となるホテルに入った。

「本城さま、いつもご利用ありがとうございます」

女性クラークの朝倉幸恵が、にこやかにルームキーを健二に手渡した。

なじみ客である健二の部屋は、いつも同じ番号のツインルームだったが、今回はなぜかセミ・スイートである。フロントに確認しようかと思ったが、アップグレードにより提供されたのだろうと健二は考えた。

部屋に入り、パソコンで仕事をしていたが、うっかりして約束の七時を少し過ぎてしまった。慌てて下に降りると、徳永陽子がロビーのソファに座って健二を待っていた。

レストランで、前回と同じ席に座るなり、健二は陽子に尋ねた。

「先日、二日間だけ休みを取ってくださいとお願いしましたが、今日と明日ですか?」

「いえ、今日は三時まで会社にいて、四時半の飛行機で来ましたから、今日は出勤扱いです。ですから、休みは明日と明後日の二日間です。帰りは明後日の午後八時の飛行機です」

「よかった。それなら、たっぷりと二日間が使えますね。お泊まりはどちらですか?」

「本社のそばのビジネスホテルです」

「ホテル代は私が払います。私がお呼びしたんですから」

「ここは立派なホテルですよね。いつもこういうホテルにお泊まりなのですか?」

陽子の言葉に、健二は返答を躊躇したが、

「それはそうと、明日は一緒にドリーム・ワールドに行く予定です」

と、明るい調子で言った。

「え?」

陽子は戸惑いの色を見せた。

「僕はまだ行ったことがないので、一度行ってみたいと思っていたんです」

健二は悪びれもせず、明るい調子で話を続ける。

「歩きながら、ブラボー計画について話したいんです」

「歩きながら――ですか?」

「あそこは広いですよね。日頃から運動不足で……。歩くのはイヤですか?」

「いえ、そんなことは」

健二の、陽子に対する「計画」は、まずまずのスタートを切った。


平日のせいか、ドリーム・ワールドは人影もまばらだった。

「あれに乗りましょう」

健二は、ドリーム・ワールドを一望に収めることができる大観覧車を指差して言った。

ゴンドラが動き出してまもなく、健二は陽子の視線を眼下に誘った。

「さっき歩いて来たところが見えますよね。ほら、あそこの黄色い通り、カリフォルニア・ストリートです。川のそばの白い建物から五本目の赤い電柱を見てください。そこに二人の男がいます。見えますか？」

陽子は言われた方向に目を移して、「はい」と答えた。

「彼らは、私を見張っているんです」

「見張るって——、警察の人ですか？」

「警察ではありませんが、似たようなものです」

「なぜ？」

「それは後で詳しく話しますが、ま、そんな訳で観覧車を選んだんです。ここなら、私たちの話を聞かれる心配はありませんからね」

「あのう、下にいる人たちに聞かれてはまずい話なんですか?」

「いや、そんなことはありません。彼らは私を守ってくれる人たちですから」

「それなら、歩きながらお話ししても大丈夫じゃないですか」

「まあ、そうなんですけどね。ただ、他にも気を付けなければならないんです。アメリカでは、もう十年以上も前から、遊園地などで人の動きを監視するシステムが動いています。誘拐や薬物取り引きなどの犯罪が、人が集まる遊園地などで頻繁に起こったものですから、それを未然に防いだり、あるいは、迷子や急病人に対応するため、という名目で導入されています」

「日本はどうなんですか?」

「このドリーム・ワールドにも導入されています」

「えっ? そんなことを、なぜご存知なのですか?」

「私の会社が、そのシステムを作ったからです。アメリカのものも、日本のものもね。三年前にはヨーロッパに納め、最近は中国にも納めました」

「日本では、遊園地のほかに、どこにあるのですか?」

「それはちょっと——。聡明なあなたならお分かりになると思いますが、これは法律的に極めて微妙な行為です。このシステムを使用する者は、個人のプライバシーに関与してしまいますし、大きなリスクも背負うことになります」

「その監視システムには無線を使っていますよね。電波を使っている以上、届け出が必要なはずですから、それぞれの自治体はこのシステムがどこで利用されているか知っていると思うのですが」

「残念ながら彼らは知りません。極秘裏に運用されていて、知っているのは本当にごくごく一部の者だけです。詳しいことは言えませんが、政府の方針で誰にも知らされていません。いつかマスコミが気付いて、新聞やテレビでこうした設備の是非を問うこともあるでしょうが、そうなったとしても、しばらくの間は、関係者たちのノラリクラリとした答弁が続くと思います。アメリカが今、そうであるようにね」

ゴンドラはかなりの高さまで上がっていた。

回りを一瞥して、陽子が言った。

「遊園地を歩いている人たちの話を、どうやって聞くのですか？」

「カメラがあちこちに置いてあります。皆さんに注意を促すために、わざわざそれと分かるもの、これは入り口や化粧室やエレベーターなどにありますよね。それから形を変えたカメラ、これはもう、本当にさまざまな形や大きさをしています。きれいな花のような形の物もあれば、薄くて、紙のようにへばり付いているカメラもあります。夜になると、色とりどりの照明がつく電柱にもあるし、レストランのテーブルの下にもあります。そのほか、施設内の乗り物やベンチ、標識など、いたるところにあるんですよ」

一息ついて、健二は話を続けた。

「今の技術はとても進んでいます。日本の漫画で、ドラえもんとかいう漫画がありますよね。ずいぶん昔からアメリカでも大人気です。あの本に出てくる、夢のある不思議な道具、それに近いようなものが今や最先端の技術で創り出されています。ブラボー計画でお見せした、あの端末機もそうだったでしょ？」

陽子は、突然不安げにゴンドラの中を見回した。

「先生、ここのどこかにもカメラが？」

「ちゃんとはずしておきました」

健二は笑いながら、指につまんだ五ミリ角の薄いフィルムを陽子に見せた。

「いつのまに？」

「僕が先に乗ったでしょ。その時、ここから外したんです」

健二が窓枠の一部を押すと、その部分がクルッと反転してわずかな空間ができた。人差し指で隠れてしまいそうな空間である。そこに糸のようなケーブルだけが残っていた。

「まず誰も気づかないでしょう。この切り込みは、よほど注意して見ないと分かりませんし、そもそも、こんなものがあるとは、普通の人は考えもしませんから」

二十分で大観覧車は一周を終えて、二人はゴンドラから降りた。

陽子は辺りを見回して、ゴンドラの中から見た二人の姿を探した。

「見当たりませんね。でも、どこかから見ているはずです」

健二が、陽子の見ている方向に視線を合わせながら言った。

「せっかく来たんだから、今日は一日遊びましょう。あれにも乗ってみましょうか」

健二はジェットコースターの方に向かって歩き出した。


健二がなぜ自分をここへ連れてきたのか、陽子にはその理由がつかめずにいた。

乗り物に乗ったり、アトラクションを見たり、それなりに楽しくはあったが、健二の真意が分からない以上、陽子の気持ちは中途半端なままだった。

午後三時、陽子の携帯電話にフィアンセである弁護士の山川大吾から電話がかかってきた。陽子は健二から少し離れて電話に出た。

電話を終えて戻ってくると、陽子は、

「先生、この前、山川さんにお会いになったんですってね。私、知りませんでした。山川さんも何も言っていなかったし……。今、遊園地にいると言ったら、先生と楽しんでおいでですって！

私だけが何も知らされていなかったようで、何とも言えず複雑な気持ちです」と、少しふくれっ面をして言った。

陽子は、歩きながら、ときどき大吾と一緒にいるような錯覚に陥った。健二と山川大吾は、どことなく雰囲気が似ていた。

その後、新宿に出て天ぷらを食べたあと、健二は陽子をホテルまで送った。

「明日は横浜へ行きましょう、午前九時に迎えに来ます」

そう言って健二は帰って行った。陽子は軽い疲れを覚え、ベッドに横になった。

大観覧車のゴンドラから降りる寸前、「内緒ですよ」と言って、健二が胸ポケットから取り出した情報端末機の最終バージョンはとても美しかった。前の会議で、添田総理や関係企業の社長たちが目にした端末とは全く違う形だった。薄くて、小さくて、まるで美しい高級腕時計のようだった。

陽子は、健二が口にした、機能美という言葉を思い出した。

飛行機も船も、新幹線も自動車も、機能の優れたものはその外観も美しい――。

陽子は起き上がって携帯電話を取ると、大吾に今日一日の出来事を報告した。

ひととおり話を聞き終えて、大吾が言った。

「陽子、本城先生は今、ストレスで一杯だと思う。その計画も最終段階にきているんだろう？陽子も何かの縁でこの計画に参加しているんだから、最後まで徹底して先生を助けてあげて欲しい」

「大ちゃん、昼間の電話で、この前、先生に会ったたって言ったでしょ。何を話したの？ 私と遊園地で遊ぶのを許して欲しい、と大ちゃんにお願いに行った訳じゃないでしょ？」

「ところが、実はそうだ。仕事で気が休まる時間がない。気分転換をしようにも、一人ぼっちで遊園地を歩くのも気恥ずかしい。徳永さんが、今度の計画で重要な部分を担うことになるし、歩きながら話したいこともある。一緒に時間を過ごしてもらう訳にはいかないだろうか。そう言って、フィアンセであるボクに許可を求めてきたのさ」

「嘘でしょ、何か隠していることがあるんじゃない？　本城先生だって男性よ。平気なの？」

「本城先生は立派な方だと信じているからね」

陽子は、少し寂しい思いで電話を切った。


翌朝、健二と陽子は電車で横浜へ向かった。

元町を歩いてから外人墓地へ行き、さらに山下公園で海を見たあと、中華街で遅い昼食をとった。

健二は陽子にいろいろな話を聞かせた。今まで読んで感動した本や、心に残っている映画のこと、学生時代の話やこれから挑戦してみたいことなど、それらの話が全て陽子には新鮮に思えた。

歩き疲れて夕方になった。陽子は午後八時の飛行機で札幌に帰らなければならない。別れの時間である。

「じゃ、この次は来月の二十一日。待っていますね。フィアンセの山川さんによろしく」

「お世話になりました。先生もお身体を大切になさってくださいね。いろいろとありがとうございました」

丁寧にお辞儀をしてから、ゆっくりと顔をあげて微笑む陽子のしぐさは、妻の佑子にそっくりだった。

電車を見送ったあと、健二はホームのベンチに腰をおろし、しばらく線路を眺めていた。佑子が学生の頃、こうして一緒にホームのベンチに座ったものだ。何度も電車を行き過ごし、いつまでたっても帰ると言わなかった佑子が、隣に座っているような気がした。


札幌に帰った陽子は、翌日、大吾と夕食を共にしながら東京での出来事を話した。

「陽子は話が上手だなあ。まるで俺も一緒に東京に行ってきたようだ」

「ありがとう。私、本城先生に来月もまた呼ばれているの。八月二十一日から二日間。それにね、もう一回あるのよ。それは九月二十二日から二日間。それで最後なんだって」

「三回のデート。それは二人の知られざる秘密の始まりであった……。なんちゃって」

「やめてよ！」

陽子は本気で怒った顔をした。

「それより、私、聞いたのよ、事務所の恵子さんに。本城先生と大ちゃんは二時間以上も話してたそうじゃない。何を話していたの？」

「電話で話した通りだよ。本城先生が、気分転換に陽子と一緒に遊園地や横浜に行きたいから、一緒に過ごす時間をくださいと頼みに来たのさ。大きな仕事を一緒にすることになるから陽子のことを詳しく知りたいと言っていたよ」

「それで、大ちゃんは、ハイ、いいですよって答えたの？」

「そりゃ、どうしようかと思ったよ。でもね、本城先生は俺たちが十月に結婚することも知っていたし、まさか陽子を好きになって、俺から奪い取るようなことをする人にも思えなかった。それに、先生からブラボー計画の話を聞いたとき、その凄さに感動して俺自身が協力したくなった。だから、陽子が本城先生の役に立つんだったら協力しようと思ったのさ」

おそらく大吾の言っていることは本当だろう。しかし、まだ他にも何かありそうだが、この調子では大吾は口を割りそうもない。陽子はあきらめて話題を自分たちの結婚式や新しく購入するマンションの話に変えた。

5

健二は、陽子と別れてから一歩もホテルから出ず、ひたすらパソコンに向かっていた。

滞在している四十三階は、絨毯の色が他の階とは違う、いわゆるエグゼクティブフロアである。専用のラウンジもあるし、二名の女性が常駐するビジネスセンターもある。外国のホテルではこうした設備をよく見かけるが、日本のホテルにしては珍しい。

健二は、食事もルーム・サービスで済ませ、部屋の掃除も断って仕事を続けた。

ホテルの総支配人である永田欽次が、健二の身体を気遣い、食事が胃の負担にならないようにと特別メニューを手配してくれた。

永田は、自分の息子がアメリカの大学を受験する際、一ヶ月ほど健二の家にやっかいになったことをとても感謝していた。

サンフランシスコへ帰る二十四日の朝になって、やっと仕事がひと段落し、健二は永田に電話を入れた。

「このたびはいろいろとお気遣いいただき、ありがとうございました。本当に助かりました」

「いえいえ、どういたしまして。サービスで失礼はありませんでしたか?」

「ええ、いつも良い部屋に泊めていただいてありがたく思っています。それにしても今回のアップグレードには驚きましたけど」

「は?　先生、今お泊まりのお部屋は、アップグレードで提供できるようなお部屋ではありませんよ。変ですね。ちょっとお待ちください」

そう言って永田は電話を切ったが、折り返しすぐに電話があった。

「その部屋は、先生ご自身で指定されたことになっていますが、お心当たりはありませんか？先生のご出発は本日ですよね。でも、お部屋の料金は明後日のご出発まで頂いています。フロントの者は、先生の会社の方が引き続きお泊まりになるのかと思っていたそうです」

「――永田さん、すみません。切らせてください！」

健二は急いで電話を切ると、使っていたノートパソコンの電源を切った。

パスポートと財布と携帯電話をジャケットのポケットに突っ込み、パソコンを抱えて部屋を飛び出した。

健二は焦りながらエレベーターを待った。

合計八基のエレベーターのうち、二基のランプが点滅している。

一基は健二の正面、もう一基は一つ挟んで左側のエレベーターである。

健二は正面のエレベーターの前で待った。

エレベーターが開いた。

誰も乗っていない。

健二は素早く乗り込み、一階のボタンとクローズのボタンをほとんど同時に押した。

エレベーターが閉まると同時に、開きかけた左側のエレベーターから三人の外国人の男が飛び出し、健二の部屋の方へ走り出した。

ドアをノックして返答がないのを確かめると、背の低い白人の男が、小さな碁石のような物をドアノブ付近に当てて、あっという間にドアを開けた。

三人はスイートルームのすべての部屋をチェックし、バスルームを覗き、ウォークイン・クローゼットの中まで調べた。

そして健二がいないのを確認すると、鋭い目つきをした長身の黒人の男が携帯電話のキーを押した。

「逃げられました。荷物はありますがパソコンはありません」

(荷物には触るな。カメラとマイクだけを外してすぐに戻ってこい)

男たちは、素早く部屋中の隠しカメラとマイクを取り外し、急いで立ち去った。

健二は、半ば走るようにしてフロントへ向かった。

チェックアウトの時間と重なっており、周辺は混雑している。

「あっ、本城さま、おはようございます」

コンシェルジェ・デスクのマネジャーが健二に気がついて声をかけた。

「おはよう。朝倉さんという女性は、今どこにいますか?」

「フロントの朝倉でございますか?　先日退社いたしましたが……」

「先日とは？」

「つい最近です。本城さまがチェックインされた二十日が彼女の最後の勤務でしたが、何かございましたか？」

健二が目を上げると、その視線の先に、スーツ姿の外国人男性三人が、それとなくこちらを見て立っている。

「警察を呼んでください。すぐに！」

健二は男達から目を離さずに言った。

「は、はい！」

マネジャーは慌てて電話に手を伸ばしたが、その動きを見た三人の男は、さっと踵《きびす》を返してホテルの外に出ていった。

「警察は結構です。総支配人の永田さんにつないでください」

健二の心臓が、火事を知らせる半鐘のように高鳴っていった。

戻ってきた三人の男を収容した黒のワゴン車は、そのままカナダ大使館の方向へと走り去った。

助手席に乗っている女が振り向いて言った。

「どう、プログラムは読み取れたの？」

「だめでした。逆光で、画面の文字がうまく撮影できていませんでした」

「あの部屋のどの位置にパソコンを置いても、カメラできちんと撮れるようにしたんじゃなかったの？　プログラミングは朝になるかもしれないし、真夜中になるかもしれないし、光の影響についてはあれほど注意したのに！」

屈強な男三人を怒鳴り飛ばすその女は、艶やかな黒髪と褐色の目の持ち主で、年齢は三十歳前後、英語を流暢に話す日本人である。

「まあ、いいじゃないか」

車を運転している男が言った。

ロシアなまりのある英語だった。


危機一髪で難を逃れた健二は、永田総支配人の部屋にいた。

永田は健二の話を聞いてオロオロしている。

「先生の部屋の荷物はホテルの警備担当者に取りに行かせました。まもなくここへ持ってきます。それにしてもなぜ先生が――」

そのとき、健二の携帯電話が鳴った。

経済産業省の山本事務次官からである。

「本城先生、今はどちらにおられますか？　気をつけてください。万が一の場合を考えて先生につけていた二人の男が殺されました」

「え！　殺された、ですって？　いつですか」

健二は、ここしばらく彼らの姿が見えないので、どうしたのかと、気になっていた。

「今月の二十一日の昼過ぎから行方不明になっていました。今朝、死体で発見されたそうです。添田総理から私に電話があり、すぐに本城先生の無事を確かめろと言われました。先生は今日本におられるそうですね。何か変わったことはありませんか？」

健二は、ホテルでの一連の出来事を話して電話を切った。

オクタゴン・オリエンタル・ホテルは一年半前に完成した四十八階建ての高層ホテルである。その名の通り、八角形のマークが最上階壁面にある。小さめで上品なデザインの八角形は、昼は美しくプラチナのように輝き、夜は穏やかなグラデーションの光を放っていた。

最新の技術を取り入れた設備と、洗練されたスタッフによる行き届いたサービスを誇り、国際会議なども頻繁に開かれる超一流のホテルである。セキュリティーの面でも高い評価を受けていた。

総支配人の永田は、口にこそ出さないが、腹立たしい思いでいた。

自分が君臨している聖域に、ならず者たちが入り込み、お前のホテルの評判などいつでも落とすことができるんだぞ、とばかりにかき回していったからである。

永田が言った。

「先生にルームキーをお渡ししたのは朝倉幸恵ですが、彼女が今回の件に関与しているんでしょうか？」

「私がチェックインした日を最後にホテルを辞めたそうですね。一階のマネジャーから聞きました」

「朝倉は、七月に入って、急に二十日付けで辞めさせて欲しいと人事部に言ってきたそうです。理由は言わず、自分の都合で急に辞めることになるので、退職金や今月の給料はいらないとも言ったそうです」

「やはり、関わり合いを持っていそうですね」

「そうですか――。朝倉は設立準備の頃からスタッフとして働いてくれていました。父親が航空会社に勤めていて、その関係で、海外で暮らした経験もありました。美人で人柄も良く、お客様の評判も良かったんです。ですから、あの朝倉がまさか――という思いです」

永田は、話すうちにだんだんと声が小さくなった。

ホテルを出て成田空港に向かう間も、健二は落ち着かなかった。

ときどきタクシーの後部座席から後ろを振り返ってみるが、おかしな車がついて来る気配はない。

「狙われる」という言葉は、小説や映画の世界の中で使われるに過ぎないと思っていた。それが今、現実のものとなっている——。健二は得体の知れない恐怖を感じた。

米国に戻った健二は、ブラボー計画で使用する携帯型情報端末機に関する最終仕様を決定した。日本にいる山本次官にその旨を電話で伝えると、これでいよいよ、政府も国民に向けて正式発表ができますね、と言って喜んでくれた。

政府はブラボー計画を一日でも早く国民に発表したがっていた。来る十月一日をもってマスコミに発表するらしい。このシステムの完成を目指して多額の税金を使ってきた政府は、政府のやることは無駄遣いばかりだという国民の不満を払拭するためにも、できるだけ早い時期にシステムを稼動させなければならなかった。ソフトウェアの部分は、ほぼ完成し、あとは機器の生産完了を待つばかりである。システムの正式運用は来年の四月が予定されていた。

健二は山本と話している間も、身の回りに起きた不可解な出来事が気になっていた。電話を切った健二は、シリコンバレーで盗聴システム専門の会社を営む友人に頼んで、家に不審な装置が取りつけられていないか調べてもらった。

その結果、家の数ヶ所に、機器をとりつけた跡らしい痕跡が発見された。いつ誰が何の目的で取り付けていったのか。健二の胸に不気味さだけが募っていった。

6

八月二十日、健二は陽子と会うために日本へ向かった。

時差の関係で到着は翌二十一日になる。

前回と同じように、陽子は二十二日と二十三日、二日間の休みを取ってきてくれた。

午後七時にホテルのロビーで待ち合わせ、健二は陽子を最上階にある和食の店に連れていった。

「素敵な奥様でいらっしゃいますね」

料理を運んできた仲居が、なじみの健二と知ると、気軽に声をかけた。

健二は、二ヶ月後に大吾との結婚を控えている陽子を気遣い、聞こえないふりをした。

「申し訳ありませんが、明日は、またドリーム・ワールドに行くことになります。九時半に迎えに行きますが、前と同じホテルですよね」

「あっ、はい」

陽子は戸惑った。

（ドリーム・ワールド？　先月行ったばかりじゃないの……）

二日後、札幌に帰る機内で、陽子は虚しさを覚えていた。

別れ際に健二が言った言葉が思い出された。

「よく付き合ってくださいましたね。次回の九月二十二日の約束は取り消します。結婚式も近いのに、これ以上私のわがままに付き合ってもらうのは申し訳ないので——」

いったい何のための二日間だったのか。

休みをとって東京まで来た甲斐はあったのだろうか。先生は何を考えているのだろう。

健二は自分の行動を陽子が奇妙に感じるであろうことは、百も承知の上だった。陽子を二日間とも前回と全く同じ場所へ連れて行ったのである。ドリーム・ワールドでは、先月と同じ順番で通りを歩き、同じ乗り物に乗った。横浜では中華街で食べた昼のメニューまで前回と同じだった。

健二は陽子と別れたその夜に日本を離れサンフランシスコに戻った。

ふと目を覚ますと、朝の光の中で、寝室のカーテンが風に揺れていた。

健二はデジタルカメラを手に取り、ドリーム・ワールドの近くで撮った陽子の写真を見た。

（彼女ならしっかりと覚えてくれているだろう……）

健二はベッドからおりてシャワーを浴びにいった。


二〇一〇年九月二十日、各部署で試作機を使っての総合試験が開始された。

計画の根幹をなす通信網の整備状況と端末機の生産については、特に注意が払われた。

陽子は、集められたデータを分類する作業に追われ、さらに世界各国の情報センターの設立状況を確認するため、海外出張も増えていった。

国際的に通用する語学力を持ち、容姿にも優れ、誰よりも強い責任感を持つ陽子に、会社は大いに期待していた。彼女は多くのベテランたちの協力を得ながら着実に任務を遂行していった。

北米では、サンフランシスコ、シカゴ、ニューヨークの三都市に、ヨーロッパではロンドンとローマに、ロシアではモスクワに情報センターが設立されつつある。センターはその後、アフリカ、オーストラリア、中国、ブラジルと設立される予定で、その地域で暮らす人々に、安心で快適な生活を提供していくはずになっていた。

これまでに行われた通信試験では、わずかなトラブルが発見されたものの、全体的なスケジュールに影響を与えることなく終わった。

ブラボー計画は、世界の全ての人々がセンサーノード、いわばデータ測定を行う最終端末になる計画であり、人々が自らエネルギーを作り出す計画でもある。全人類が参加する地球規模での環境システムであり、まさにエポックメイキングな出来事となろう。添田総理が各国に対して胸を張って吹聴したくなるのも無理はない。そして、それを可能にするのが健二の開発したシリウスと呼ばれる薄い腕時計型の情報端末装置であった。

シリウスは、空気中に浮遊する花粉の量や汚染物質の細かい粒子を数えることができるカメラを搭載しており、それらの情報を集めるとともに、紫外線量や放射線量といった、いわゆる生活環境情報全体の測定も可能である。

世界の人々は、腕につけているシリウスによって、暮らしている地域の環境状況を常時監視し、その情報をセンターに送信し続ける。センターは送られてくる情報に基づき、関係機関に改善命令や警報を遅滞なく発することができるのである。

だが、シリウスには国民を魅了してやまない、画期的な機能が備わっていた。電気を生産し、ケーブルなしで外部に電気エネルギーを供給できるという、驚くべき機能である。

人の身体に電気が流れていることくらいは、小学生でも知っている。また極端な自然回帰主義者でない限り、人々は衣服を身につけて生活し、動くたびに服の摩擦による静電気が発生する。場合によっては何万ボルトにも及ぶ高い電圧が発生することもある。

自動車から降りる時やホテルのエレベーターのボタンに触れたとき、バチッという鈍い音とともに軽い衝撃がくることがあるが、それらはみな静電気によるものである。

シリウスは、生体内を流れる電気と、摩擦によって生ずる電気とを自らの中に蓄えていく。そのために特別に開発された蓄電システムが採用されていた。

特殊センサーによって、生体に過剰であると判断された電気は、その蓄電システムに取り込まれ、必要に応じて外部の電気製品を動かすためのエネルギーとして放出される。このシリウスは、以前の赤外線通信やチップ通信のように、電気さえもコードレスでの受け渡しを可能にしたのである。

もちろん、古くからあるソーラーシステムと呼ばれる太陽光発電の機能も搭載されており、そこから得られるエネルギーは、時計を動かしたりデータ送信やバックアップのために利用されることになる。

シリウスに蓄電される電気容量は、現在のところ電気炊飯器や掃除機や洗濯機などの日常電化製品を難なく動かすことができるまでになっていた。さらにシリウスは心臓疾患を持つ人のために、心臓を動かしている電気信号の異常を測定し、かかりつけの医師に適宜送信するという機能も搭載してはいたが、これは特筆に値するほどの新しいテクノロジーではない。

機能美——。まさにシリウスは美しかった。

外見の美しさは言うに及ばず、センサーの稼動を知らせる新設計ダイオードが発する光も、液晶に触れた感触も、そして装着感や重さにいたるまで、全てが、見事と言うほかはない。

シリウス。それは、健二が亡き妻の佑子とともに星空を眺めたとき、ひときわ美しく輝いた星の名前でもあった。

7

九月二十三日から三日間、ブラボー計画の各責任者はサンフランシスコに集められた。各国の情報センターの中で一番早く完成したサンフランシスコの情報センターで、実践的な検討会を行うためである。

日本からは通信部門のサブリーダーとして徳永陽子も出席していた。

検討会の初日、健二は参加すべき人間が見当たらないことを不審に思い、同時に、会ったこともない二人の男が会場に来ているのに気付いて、会議の前に経済産業省の山本事務次官を呼んで問い質した。

「ポールは来ないのですか？　山本さんもご存知のポール・オニールです。デンバーの部品メーカーの社長ですが――」

「セルネックス社のポールさんですね」

「そうです。それと――、あの窓際にいる二人の方はどなたですか？」

健二は会議室の窓際に立っている二人の日本人を見ながら尋ねた。

山本は、健二を会議室の外に連れ出し、声をひそめて言った。

「本城先生、お怒りにならずに聞いてください。金属素材を納入する会社が、ポールさんの会社から別の会社に変更になっています。先生にはそのことをまだお伝えしてはいませんでしたが」

「――」

「先ほどのお二人は、セルネックス社の代わりに部品を納入している会社の社長と常務です」

思ってもいない出来事に健二は驚いた。

さらに山本は言いにくそうに、

「それと、ポールさんですが、実はお亡くなりになりました。三日前に、出張先のシカゴのホテルでです」

健二は、予期しない山本の言葉に、一瞬、言葉を失った。

「心筋梗塞か何かで？」

「いえ、――ご自分から」

「ポールが自殺ですって⁉　そんなバカな！」

健二は信じられなかった。何事にも前向きで、いつも明るいポールが自殺するはずがない。

「山本さん、それに、素材メーカーが変更になっていると言いましたよね。いったいいつからですか？　冗談じゃない。ポールの会社は、シリウスの重要な部品を納入するメーカーです。それだけじゃない。中心となる部分のプログラミングも担当しているんです。ハードとソフトの両面を扱える、世界でも数少ない会社です！　いいですか山本さん、セルネックスは私が選んだ会社です。長い付き合いで、彼と彼の社員たちは私の家族のようなものです。彼らの力なくしてシリウスは出来上がりませんよ！」

山本は頷きながら、健二の言葉を聞いている。

「絶対におかしい。それに手際が良すぎる。ポールが死んで、まだ三日しか経っていません。それなのに、もうこの会議に変更先の会社の社長が来ている。あなたたちは何か工作をしたはずだ。副社長のビルが私に知らせてこないこともおかしいが、何があったんですか。なぜ勝手に部品会社を変更したんですか！」

常に冷静さを失わない健二の声が、興奮で震えていた。

「失敬な、なんという無礼な対応ですか！」

「本城先生、落ち着いてください。もう会議が始まる時間です。さ、部屋に入りましょう。先生も挨拶をなされなくてはいけないでしょうから」

健二は山本に促され、やむなく会議室に入った。

休憩時間になって、山本は二人の男を健二に紹介した。

日本人なら誰でも知っている一流メーカーのマークが、彼らの名刺に刷り込んであった。二人は健二に丁寧に挨拶をすると、必要以上のことはしゃべらずに自分たちの席に戻っていった。

その日の会議のアジェンダがすべて終わると、健二は山本を情報センターの役員室に呼んだ。

「お呼び立てして申し訳ありません」

健二は山本の目を直視して言った。

「先ほどの話の続きを、詳しく聞かせてください」

「本城先生、この計画を遅らせることは断じてできません。この計画は間違いなく成功するでしょう。そのためにも、スケジュールどおりに計画を実現に到らしめなければなりません。先生もお分かりと思いますが、この計画が少しでも遅れたり、発表したものと違うものが出来上がったりすれば、それは現政権を担っている政党の屋台骨を揺るがすことになりかねません。信頼できる政党、国民の支持を得られる政府たりえるためにも、有言実行、即ち予告どおりのスケジュールで完遂する必要があります」

山本の言葉は、官僚というよりは政治家の言葉に近い。

「それは当たり前のことです。しかし、そのことと、私にポールの死を知らせず、無断で部品の納入先を変更したことと、どう関係があるのですか」

「セルネックス社と先生の付き合いが長いこと、ポールさんが先生の良きパートナーだったことも分かります。だからこそ、予想外のスピードでこのブラボー計画が進んできたことも事実です。七月の会議で、添田総理が関係者の前であれだけのことを言い放った。先生もお聞きになっていましたよね。そして、さあこれからという時に、ポールさんが出張先で自ら命を絶たれた。しかし、もし我々がすぐにポールさんの死を先生に伝えていたとしたら、どうなっていたでしょうか。おそらく先生はポールさんの死に疑問を抱かれ、何らかの調査を依頼されたかもしれません。そうなれば、ブラボー計画は遅れをとることになりかねません」

「人の命よりも、計画をスケジュール通りに実行するほうが大事ですか――」

「国民のためです。人々のため――、それは本城先生が日ごろ口にされている言葉ではありませんか。今は、一人の死を悲しみ、感傷に浸る時期ではありません」

まるで詭弁《きべん》を弄《ろう》する心ない国会議員と話しているようだ。

「それはそうですが、私の知らぬ間にいろいろとやられているようでとても不愉快です。どうもおかしい。山本さん、考えさせてもらいたいのですが」

「考えると言われますが、それはどういうことですか？　この計画から手を引く、そういうことですか?」

二人の間の空気がピンと張りつめた。

「もし先生がそうお考えなら、それでも構いません。ここまでくれば、あとはシステムの運用の問題だけです。先生には最終プログラムを納入いただいて、それで我々との関係はおしまいということになります」

健二の表情を伺いながら山本は続けた。

「それと、こんなことは申し上げたくはないのですが、もし、最終プログラムの納入を先生が拒否されたり、先生の行為が原因で運用中のシリウスに何らかの不都合が生じてしまうと、これはもう大変な事になると思います。先生にとってです。違約金はもちろん即座にお支払いいただきますが、そのうえで損害賠償も視野に入ってきます。大変な額になるのは間違いありません。――まあ、それはそれとして、ブラボー計画の国民への発表は十月一日を予定しています。それまでにはまだ一週間ありますから、今すぐ中止したとしても理由はいくらでもつけられます。何よりも、お困りになるのは本城先生ご自身のはずですが」

山本が口にしている言葉は山本自身の言葉ではない。明らかに誰かに言わせられている。官僚のトップである山本次官の陰に、何かを企んでいる人物がいることは間違いない。

健二は、目の前にいる山本和男という男に好感を抱いていたが、しかし今は別人を見る思いだ。良い悪いは別にして山本の覚悟の程が読み取れた。

返答は一つしかなかった。

「手を引くという意味で言ったのではありません。これからも一緒にやっていきたいと考えています」

瞬間、山本は相好を崩した。

彼を縛り付けていた強い緊張が一気に解けたようにみえた。

「本城先生、一緒に食事でもいかがですか」

椅子から立ち上がりながら、山本は言った。

「いや、今日は少し疲れましたので」

健二は断った。


全てのことが順調に進んでいることを確認して三日間にわたる検討会は終了した。

健二は、日本から来ていた陽子をニーナに会わせるべくソーサリートのしゃれたレストランに夕食の予約を入れていた。

二人を乗せた緑色のジャガーがライトアップされたゴールデン・ゲート・ブリッジを渡っているとき、星の瞬く夜空を飛行機の赤と緑の光が点滅しながら移動していった。

「本城先生、ニーナさんって、どんな方なのですか?」

「——ひとことで言うのはちょっと。もうすぐ着きますから……。お疲れのところ本当にすみません。ニーナがどうしてもあなたに会いたいと何度も言うものですから」

橋を渡りきり、少し右に折れて山道を登っていくと、途中に昔の砲台があり、そこを通り過ぎると一気に眼下に素晴らしい夜景が広がる。そんな場所にレストランはあった。

ニーナは健二の家の近くのアパートで暮らしていたが、先に来て二人を待っていた。ウェイティングチェアに座ってソフトドリンクを飲むニーナはそこでも目立つらしく、両脇の男が交互に声をかけていた。

ニーナも陽子も初対面にしては、まるで昔から知っている間柄のように打ち解け、楽しい雰囲気のうちに食事は終わった。

「お会いできて嬉しかったわ。ニーナさん、今度はぜひ日本に遊びに来てください。私が案内しますから」

「陽子さんもお忙しいようですから、たまにはゆっくりと休んでくださいね」

二人は日本語で別れの挨拶をした。

健二はニーナを先にアパートに送り、明日の飛行機で日本に帰る陽子をホテルまで送っていった。

家に戻ると、健二はニーナに電話をかけた。

「ニーナ、今日はありがとう。陽子さんはとても喜んでいたよ。ときどき話していた日本語もだいぶ上達したね」

「健二さん。陽子さんを大切にしてくださいね。しっかりと守ってあげてください」

ニーナが妙なことを言う。

「守るって、どういう意味？　ニーナ、陽子さんは来月結婚するんだよ」

ニーナもそのことは知っているはずだ。それなのに、大切にしろとは、何を言い出すのだろう。

「健二さんと陽子さんは、とても深い縁で結ばれています」

「――ヘンなことを言うのはやめようね。さ、もう少し仕事をしなければならないから、それじゃまた。おやすみ」

何も返事がないのを確かめると、健二は電話を切った。

8

アメリカから帰った陽子は、成田空港で札幌行きの飛行機の接続を待ちながら、テレビの天気予報を見ていた。

低気圧の影響で明日の札幌の天気は雨。夕方からは大雨になる恐れがあるという。

(今日帰ってきてよかったわ)

出張に傘を持って行ったことがない、いわゆる〝晴れ女〟の陽子はそう思った。

翌日、陽子は社内のテレビ会議でアメリカ出張の報告を行なった。

全てが順調に行っていること、予期されなかった部品メーカーの変更があったこと、最初に完成したサンフランシスコ情報センターの様子などを手短に伝えた。そして、報告を終えると陽子は、アメリカから帰ったばかりなので、その日は早めに退社することにした。

帰り支度をしていると、雨が降ってきそうな気配になった。

途中まで用があって出かけるという男性社員が、通り道なので家まで送っていこうかと言ってくれたが、陽子は遠慮して地下鉄で帰ることにした。

地下鉄の駅を出ると、パラパラと雨が降りだした。

雨足は次第に激しくなってくる。

陽子が頭をかかえて走りだそうとした時、後ろで一台の車がクラクションを鳴らした。

「徳永さん！」

大きな声が聞こえてきた。

陽子は振り返ったが、運転席の男の顔に見覚えはなかった。隣に座っている助手席の男も見たことがない。

「徳永さん、ちょっと待ってください！」

助手席の男がドアを開けて、今にも降りてこようとした。

陽子は怖くなって走り出した。そして横の路地へ逃げ込むと、息を潜めて男たちの車が通り過ぎるのを待った。

家に着いても、まだ男の声が体にまとわりついているような気がした。陽子は濡れた髪を乾かし終えると、気分を変えるため珈琲豆をミルで挽き、温かい珈琲を淹《い》れた。

ソファに座り、テレビのリモコンを手に取ってボタンを押した。

見慣れた顔が夜のニュースを伝えている。

「あっ！」

陽子は、突然、珈琲をこぼしそうになった。

なぜここにリモコンがあるの――？

いつもはテレビの上にある。今朝も天気予報を見たあとで、リモコンをテレビの上に置いて出掛けたのは間違いない。

それが、今、ソファの上にあった。

陽子は携帯電話と財布をつかむと、急いで玄関から表に飛び出した。

陽子がエレベーターでマンションの一階まで降りると、携帯電話が鳴った。

「陽子？　雨、すごいね」

山川大吾からだった。

「あっ、大ちゃん。それより大ちゃん、家に来た？」

「いや、行ってないよ。今、駅に着いたばかりなんだ。東京からの帰りだけど」

「来て！　すぐに来て！　私、怖い。誰かが私の家に入ったの！　今もいるかも」

陽子は不安で、今にも泣きだしそうだった。

マンションは、できたばかりの瀟洒《しょうしゃ》な建物で、エントランスはホテルのロビーを思わせるほど豪華である。

陽子は革のソファに座ってみたものの、不安で落ち着くことができず、立ったり座ったりを繰り返していた。

ロビーに降りてから十分近くが経った。その間に住人の何人かが、怪訝そうな眼で陽子を見ながらエレベーターでそれぞれの階に消えていった。

車のライトが陽子の横顔を照らし、タクシーがマンションの前に止まった。

陽子は、降りてきた大吾に駆け寄った。

「ちょっと待て」

大吾はいったん外に出て、通りに面している十二階の陽子の部屋を見上げて戻ってきた。

「朝、置いてきたところと別のところに、テレビのリモコンがあったの」

「置き間違いじゃないのか？」

「違う、絶対に違う！」

陽子は完全に怯えていた。

「警察に連絡したほうがいいよね?」

「ばか、弁護士の俺がこんなことぐらいで警察を呼べるか。お前はここにいろ」

大吾は一人でエレベーターに乗り込んだ。陽子は刻々と変わるエレベーターの階数表示を見ていたが、そのデジタル数字は十二を示して止まった。

陽子は落ち着かない表情でソファに座っていた。大吾からは、上がったきり、何の連絡もない。

五分が過ぎた。

陽子の恐怖は募っていく。

居ても立ってもいられず、エレベーターの方へ歩みかけたとき、エレベーターの扉が開いた。

「ほらほら、そこは一階。ボタンを勝手に押しちゃだめよ」

地下の駐車場から上がってきたらしい三人の家族連れが乗っていた。

陽子は勇気をだしてそのエレベーターに乗り込んだ。

奥さんらしき人が言った。

「さっきの外人さん、どこの階の人?」

「分からん。会ったこともないが、えらく焦っていたな――」

「ボク、怖かった」

小学校低学年くらいの男の子が言った。

家族連れは七階で降りた。

陽子は十二階でエレベーターを降りたが、廊下には誰も居なかった。

家の前に行き、そっとドアを開けた。

「大ちゃん――?」

部屋の中は真っ暗である。

陽子は恐る恐る家にあがり、明かりををつけた。

「あっ!」

陽子は思わず息を呑んだ。

廊下と居間を仕切っていたドアが壊れ、上半分のガラスが飛び散っている。

「大ちゃん、どうしたの!」

陽子は、ガラスを踏まないように気を付けながら、中に入った。

部屋の中は、乱闘シーンを撮り終えた映画のセットのようになっている。

ソファはひっくり返り、テーブルは壊れ、壁にかかっていた絵は床に落ちて、あちこちの壁に穴があいていた。机の引出しは全部開けられ、書類だけでなくクローゼットの中の衣服までもが床に散乱していた。

コンピュータも壊され、中のハードディスクが持ち去られていた。机の中にしまっていたもUSBメモリも、メモリーカードも、全てがなくなっていた。ベッドルームも惨憺《さんたん》たるありさまだった。

陽子は警察を呼んだ。

マンションは騒然となった。

警察の車が赤色灯を回転させながらマンションの前に次々と止まり、鑑識のグループも到着した。

荒れている部屋のどこにも山川大吾の姿はなかったが、リビングルームの電話機が置いてあった付近の壁に、赤いインクを振りまいたように血が飛び散っていた。

陽子は、朝まで警察で事情を聞かれた。その後、会社に休むと電話を入れて旭川の実家に行くことにした。一人でマンションに戻ることは、とても怖くてできなかった。

札幌から旭川までは特急で約一時間半である。流れゆく外の景色を見ながら、まるで自分が映画の世界にでもいるような気がしていた。

9

札幌の法曹界は、山川弁護士失踪《しっそう》の話で持ちきりとなった。

山川大吾は三十五歳。新潟県の出身である。

二流の大学に身をおきながらも、在学中に司法試験に合格し、司法修習も驚くほど優秀な成績で終えていた。

控えめな性格ではあったが、人を射抜くような目を持つ山川修習生は、裁判官や検事たちからの熱いラブコールを受けながらも、権力を嫌って弱い人々のために生きた父の感化を受けて、弁護士の道を選んでいた。

山川が東京の出張を終えて札幌に戻った日、低気圧の影響で札幌は大雨だった。十月一日には、彼が抱えている大きな事件の最終弁論が行われる予定になっていた。

山川と大手通信会社に勤める徳永陽子は、来る十月十二日に結婚式を控えており、その日まで二週間という中で、彼は陽子のマンションを訪れたのを最後に、忽然《こつぜん》と姿を消してしまったのである。

関係者が得られる情報はここまでであった。

大吾の所属する札幌弁護士会も、あらゆる手だてを尽くして消息を追ったが、なんの手がかりも得られないまま時間だけが空しく過ぎていった。

周囲の者も陽子の身体を心配したが、ブラボー計画はそんなことはお構いなしに、今まで以上の厳しいスケジュール管理のもとに進められていた。

国民に向けてのブラボー計画の発表は、予定通り十月一日に添田一郎総理大臣が自ら行い、日本のみならず海外でもトップニュースとして報じられた。

会社は大吾を失った陽子の心痛を考慮しながらも、陽子に仕事の手を休めることは許さなかった。陽子は旭川の実家から札幌の会社に出勤していた。

十月一日の朝、札幌行きの特急電車に陽子は乗っていた。添田一郎総理大臣が国民に向けてブラボー計画の発表をする日である。

陽子が携帯電話に残っていた大吾からのメールを読み返していると、電話が鳴った。

札幌中央署からだ。

大吾の遺体が発見されたという。

山川大吾弁護士の遺体は、札幌市西区と手稲区にまたがる標高約一千メートルの手稲山の中で見つかった。

手稲山の北側中腹にはテイネオリンピアと呼ばれる施設があり、スキー場のほかにゴルフ場と遊園地がある。そこへ通ずる道路を登って行くと、次第に札幌市内のほぼ全域が眼下に拡がる。夜景はとりわけきれいだ。

九月三十日の真夜中、一組のアベックが夜景を見に、車で手稲山にやってきた。

景色のよく見える場所に車を停めてしばらく話をしていると、目の前に何かが飛び出してきた。

驚いてライトをつけると、キツネがクルッと車のほうを振り返った。

口に何かをくわえている。

人の手の一部のようである。

「あれ、なんだ？」

「人の手みたい」

「えっ、まさか」

男がドアに手をかけて外に出ようとすると、じっと車の方を見ていたキツネは、パッと茂みの中に隠れた。

「ね、気持ちが悪いから早く帰ろうよ」

女はそう言ったが、男はそれを無視して外に出ていった。

「うわっ！」

茂みを覗《のぞ》き込んでいた男が声をあげた。

「おい、来てみろ！」

車から降りて、恐る恐る茂みを覗き込んだ女は、

「きゃっ、怖い！」

叫ぶなり、男にしがみついた。二人はすぐにその場を離れ、警察に連絡することなく家に帰った。しかし、少し経ってから、男はごたごたに巻き込まれたくないという女を説得して、警察に電話をしてきたのである。

大吾の遺体は解剖に回された。

腹部の皮膚が緑色に変色し始めており、死後二日程度とみられる。

首に切りつけられた跡があり、右手首が失われていた。左の手首に電極の一部を当てられたらしい電流斑があり、さらに稲妻状に拡がる赤い皮膚線状斑があった。

死因は感電死とされた。

10

陽子が警察から大吾の死を知らされた午前八時、サンフランシスコは九月三十日の午後四時であった。

日本語学校では最後の文法の補習講座が始まろうとしていた。

目を閉じていたニーナは、突然ノートを閉じると、隣のクラスメートに声をかけた。

「私、しばらく学校に来れなくなるわ。帰ってきたらノートを見せてね」

「どうしたの？　もう授業が始まるというのに」

「行かなければならないの。お願いね」

ニーナは急いで教室から出ていった。

車に乗り込み、健二の会社に電話をかけた。

「ニーナです。急いで健二さんに伝えてください。私がこれからそっちへ向かうと。それから、日本行きのチケットを二枚、すぐに用意してください。健二さんと私の分です。詳しくはあとで」

早口で言うと、ニーナは電話を切ろうとした。

「ちょっと待ってください。社長は日本から帰って来られたばかりです。そのことは社長もご存知ですか？」

秘書が慌てて聞いた。

「いいえ、これから行って話します。明日の飛行機をとってください。どの航空会社でも構いません。三日くらいは日本にいると思いますので、健二さんのスケジュールの調整もお願いします」

秘書がニーナとの電話を終えて受話器を降ろすやいなや、再び電話が鳴った。

日本からだ。

「陽子です。徳永陽子です。本城先生はいらっしゃいますか？」

「ヨーコさん！　お久しぶりです。札幌はもう寒いでしょ」

秘書が元気に声を返したが、返答がない。

「社長は今、会議中ですが、とりあえず繫いでみます」

健二は、陽子からの電話と聞いて、会議を中断して受話器を取った。

「もしもし、本城ですが――」

応答がない。

「もしもし、聞こえていますか？」

やはり返事がない。しかし、相手が受話器を取っている気配はする。

「もしもし、もしもし？」

「先生……大吾が……死にました」

健二は言葉を失った。

結婚式では是非スピーチをお願いします、と電話で頼んできたのが、健二が聞いた最後の言葉となってしまった。

陽子は声を詰まらせながら、大吾の失踪から今に至るまでを話して電話を切った。

健二は札幌で山川大吾と会ったきり、以降は敢えて一度も連絡を取らずにいた。それは大吾も承知のことである。しかし、こと失踪となると話が違う。なぜ、その段階で陽子は自分に知らせてくれなかったのだろう。陽子でなくてもいい。少なくとも、陽子の会社の社長である石原は知っていたはずである。個人的なことと考えたのだろうか。

健二は部屋に戻り、呆然と突っ立ったまま窓の外を見た。

渡すべきではなかった――。なんということをしてしまったのか。健二は強い自責の念にかられた。

ほどなく、ドアをノックしてニーナが入ってきた。

「今、陽子さんから電話があった。フィアンセの山川君が亡くなったそうだ……」

ニーナは途中で足を止めた。

「知っていたんじゃないのか?」

ニーナは首を横に振った。

「健二さん、日本に行きましょう。明日にも。私も連れて行ってください」

健二は頷いた。


翌日、健二とニーナは午前十一時前にサンフランシスコ空港に着いた。十二時発の日本航空〇〇一便東京行きに搭乗するためである。

搭乗手続きのためカウンターに行くと、いとこの女性職員がいた。日本の出張から帰った日、空港で妻の死を知らせてくれた女性である。

健二に気づいて、カウンターを移動してやってきた。

「健二さん！　日本にご出張？」

内部事務のはずの彼女がカウンターに出ていた。

「体調が悪くて急に休んだ社員がいたの。今日の東京行きは満席で、忙しいから手伝いにかりだされてしまって」

健二は自分とニーナの航空券を差し出した。

「あら、ニーナさんじゃない。知ってるわよ」

以前、健二の家でパーティーをやった時、彼女とニーナは顔を合わせていた。佑子が生きていた頃の話だ。

「いいわね、日本は初めてでしょ？」と話しかけた彼女に、「はい、まだ行ったことがありません」とニーナは緊張気味に言葉を返した。

手続きが終わり、ボーディングパスを健二に渡しながら女性職員は健二にそっと耳打ちした。

「サクラ・ラウンジに行くでしょ？　私もあとから行きます。ちょっと気になることがあるの」

健二とニーナがラウンジに入り、ソファに座ってアイスティーを飲み始めると、先ほどの女性職員が入って来た。

「前々から気になっていたことだけど、あなたが出張するときはいつも同じ人達が一緒の便に乗っていたの。初めはあなたがロンドンに行くとき。あれは四月頃だったかしら。男の人と女の人よ」

「いつもって？　今日も？」

「今日はいないわ。今のところ乗客名簿にもないし」

ニーナは黙って二人の会話に耳を傾けている。

「ロンドンに行くときは、搭乗手続きの際に、あなたのすぐ後ろにいたわ。サングラスをかけて。私はそのとき、お客様のクレーム処理で偶然カウンターにいたから気づいたの」

「どんな人？」

「背が高くてハンサムな人。それに一緒にいた女性もブロンドの美人だったわ。映画スターかしらって思ったくらい」

「分からない。いったい誰だろう？」

「七月に日本へ行ったでしょ？　それから八月にも。そのときも、あなたと一緒の便に乗っていたのよ」

「帰りも一緒だった？」

「分からない。そこまではチェックしていなかったから」

「席は？」

「あなたはビジネスクラスでしょ。七月のときは、彼らはファーストクラス。でも八月のときはエコノミークラスだったわ。それも最後尾の席に近かったの。チェックインも早い時間に済ませていたから、顔を合わせることはなかったはずだわ」

健二が何気なくニーナを見ると、

「その人たちは、今、日本にいます」と、それを待っていたかのようにニーナが言った。

女性職員は驚いてニーナを見たが、すぐに視線を健二に移し、どういうこと、と言わんばかりの表情をした。

「何か見えるのか?」

健二はニーナに聞いた。

そのとき、女性職員の胸のバッジが点滅し、液晶部分に男性の名前が表示された。

「ボスからだわ。はい、これ。その人たちの名前よ。内緒にしてね。私、まだクビにはなりたくないから。じゃ、いってらっしゃい」

彼女は紙切れを健二に渡すと、急いでラウンジを出て行った。

健二は受け取った紙切れを開いた。

ディック・ラーキン。スーザン・ウィルソン。二人の名前が書かれている。年齢も書いてあった。

(ディック・ラーキン!)

健二の友人で、クリン・フィールド大学で物理を教えている男だ。年齢からしても人違いであるはずはない。

イギリスの上流階級の出身で、去年、健二がニーナのことでクリン・フィールド大学を訪れたときも、相変わらず独特なアクセントで話していた、あのディック・ラーキンである。

「ラーキン先生ですね。もう一人の女性はスーザン・ウィルソン」

ニーナは下を向いたまま呟いた。

「知っていたのか?」

ニーナは、健二が見ている紙切れを見ることなく二人の名前を言い当てた。

「昨日、ぼんやりと浮かんできました。健二さんのあとを追いかけるラーキン先生とスーザンの姿が……」

ニーナはそれだけ言って口をつぐんだ。

ラウンジの女性が、東京行きの搭乗が始まったことを健二に伝えた。

11

十月二日午後四時、日本航空〇〇一便は定刻通り日本に到着した。

電話を入れると、陽子は新潟の大吾の実家にいた。今晩の通夜と明日の葬儀に出席するためだという。

健二はニーナと新幹線で新潟へ向かった。

新潟駅から車で約三十分。郊外の閑静な住宅街にある大吾の実家に着くと、大勢の弔問客が出入りしている。

「ごめんください」

声をかけると、親戚の者と思われる男が出てきた。

挨拶をしていると、声を聞きつけたらしく陽子が小走りで奥から出てきた。

「先生！　遠くからわざわざありがとうございます」

あとを追って、大吾の両親も出てきた。

「本城でございます。ご訃報を伺ってアメリカから参りました。このたびは……」

健二が深々と頭を下げると、母親がさっと床にひざをついた。

「申し訳ありませんでした。お忙しい先生を、わざわざお呼び立てしてしまうようなことになってしまいまして」

ニーナは驚いて健二を見上げた。

「何か先生にご迷惑をおかけしたんじゃないでしょうか……。本当に突然のことで、私たち夫婦は何がなんだか分かりません」

「——どうぞ、おあがりください」

その場に立っていた父親が、妻に立つよう促しながら健二に言った。

横たわっている大吾の顔は眠っているように安らかだった。

（大吾君、いったい誰が君をこんな目に……）

うなだれる健二のとなりで、突然、ニーナがすっと大吾のもとに近寄り、右手をのばして大吾の顔に触れた。目を閉じて触れている。

まわりの者が、怪訝そうにニーナを見ている。

健二が注意をしようと思ったとき、

「すみませんでした」

ニーナは誰に言うともなく言うと、大吾から離れて健二の隣に戻った。

「本城先生、大吾は喜んでいました」

父親が話し始めた。

「あれが夏休みをとって新潟に帰って来た時、荷物を置くなり、父さん、すごい人が事務所に来たんだよ！　そう言うてわしらを呼んだんです。なあ、亮子」

母親はハンカチを口にあてたまま頷いた。

「本城先生にお会いしたんだよ。それも二人だけでお話をさせていただいた、と言うんです。

わしらは不勉強で、大変失礼ながら先生のことは存じ上げておりませんでした。ただ、あれは少しだけ英語ができるもんですから、何度か日米合同学術会議とかいう会議に出させていただいて、そこで先生のことを遠くから拝見したことがあったそうです。雲の上の人だ、そう言うておりました。それに最近はテレビにもお出になったそうですね」

丁寧に話しかける父親の言葉は、後悔している健二の胸をさらにきつく締めあげた。

「そんな偉い先生が、自分に会いに札幌まで来てくださった、そう言うて、そりゃもう、興奮して話してくれました」

母親は、泣きながら頷いている。

「何の用でお前に会いにいらしたんだ? と聞いたのですが、話の内容は教えてくれませんでした」

父親は一息ついて横たわっている大吾を見たが、すぐに健二に向き直った。

「先生、なぜ息子は殺されたんでしょう。人から恨みを買うような人間じゃなかった。自分のことよりも、まわりのみんなを楽しませ、喜ばせていました。親思いの子でもありました。こんど会うのは結婚式のときだね、身体に気をつけてね、そう言って札幌に帰って行きました。それが最後の見納めになるとは……」

聞いている陽子もニーナも、目にハンカチを当てている。

健二は耐えきれなくなった。

「実は——、息子さんにあるものを渡していました」

母親が顔を上げた。

「そのせいで——。申し訳ありません。私が殺したも同然です」

健二は座っていた座布団を押しやり、畳に手をついて謝った。

あまりにも突然のことである。両親は戸惑った。

「どういうことでしょうか?」

父親の言葉の響きが、これまでとは明らかに違った。

健二はこれまでの経緯《いきさつ》を全て話した。

大吾の両親は最後まで黙って聞いていたが、父親が居住まいを正すと、

「あなたは、あまりにも自分勝手だ。世の中の人々が暮らしやすい環境を作りたいとおっしゃったが、そんなことまでして自分の理想を実現したかったのですか。今の技術では有り得ないことかもしれないが、もし、その有り得ないことが起こったら大変な事になる。万が一の場合を防ぐために、そのシリウスⅡとかいうものを設計したとお聞きしましたが、そんなものはご自分でお持ちになっていればよかった。狙われるのは、ご自分になさい。息子は……、息子は有り得ないことのために殺されたということになるんですよ」と言った。

「どうぞお引き取りください」

その時、旭川から陽子の両親がやって来た。

あわただしく両家の親が挨拶を交わすなか、ニーナはよろめく健二を支えながら、入れ違いに大吾の家を後にした。

健二は苦渋に満ちた表情を浮かべ、無言で歩き続けた。

ニーナは声をかけるタイミングを見計らっているように、ときどき健二を見ながら歩いていたが、やがて、

「大吾さんは、陽子さんの部屋で首を切られましたが、日本人の女性が手当てをしてくれました」と健二に言った。

健二は立ち止まった。やはりニーナは大吾の遺体に触れたとき、なんらかのメッセージを受け取っていたのだ。

「でも、その後、港で身体に電気を流されて亡くなりました。苦しみは、ほんの一瞬でした」

感電死の大部分は、通電発生時点における心室細動によるものである。

心室細動とは、心臓が痙攣《けいれん》を起こし、心臓内部の心室が正常な脈を打てなくなることだ。その結果、血液の循環機能が停止し、数分以内に死亡、即ちほぼ即死状態となる。

「そして車で運ばれ、山の中に捨てられました」

そこまで話すと、ニーナの目にみるみる涙があふれてきた。

料金受取人払郵便

荏原支店承認

1052

差出有効期間
平成24年9月
30日まで
(切手不要)

1 4 2 - 8 7 9 0

4 5 6

東京都品川区
戸越1丁目6番7号

幸福の科学出版(株)
愛読者アンケート係 行

ご購読ありがとうございました。
お手数ですが、今回ご購読いただいた書籍名をご記入ください。

書籍名

フリガナ お名前	男・女	歳
ご住所 〒　　都道府県		
お電話 (　　　) ―		
e-mail アドレス		
ご職業 ①会社員 ②会社役員 ③経営者 ④公務員 ⑤教員・研究者 ⑥自営業 ⑦主婦 ⑧学生 ⑨パート・アルバイト ⑩他( )		

ご記入いただきました個人情報については、同意なく他の目的で使用することはございません。ご協力ありがとうございました。

愛読者プレゼント☆アンケート

ご購読ありがとうございました。今後の参考とさせていただきますので、下記の質問にお答えください。抽選で幸福の科学出版の書籍・雑誌をプレゼント致します。(発表は発送をもってかえさせていただきます)

1 本書をどのようにお知りになりましたか。

①新聞広告を見て [朝日・読売・毎日・日経・産経・東京・中日・その他 (　　　　　)]
②その他の広告を見て (　　　　　　　　　　　　　　)
③書店で見て　④人に勧められて　⑤月刊「ザ・リバティ」を見て
⑥月刊「アー・ユー・ハッピー?」を見て　⑦幸福の科学の小冊子を見て
⑧ラジオ番組「天使のモーニングコール」「元気出せ！ ニッポン」を聴いて
⑨BSTV番組「未来ビジョン」を視て
⑩幸福の科学出版のホームページを見て　⑪その他 (　　　　　　　　)

2 本書をお求めの理由は何ですか。

①書名にひかれて　②表紙デザインが気に入った　③内容に興味を持った
④幸福の科学の書籍に興味がある　★お持ちの冊数＿＿＿＿＿冊

3 本書をどちらで購入されましたか。

①書店 (書店名　　　　　　　　) ②インターネット (サイト名　　　　　　　)
③その他 (　　　　　　　　)

4 本書へのご意見・ご感想、また今後読みたいテーマを教えてください。

(なお、ご感想を匿名にて広告等に掲載させていただくことがございます)

5 今後、弊社発行のメールマガジンをお送りしてもよろしいですか。

はい (e-mailアドレス　　　　　　　　　　) ・ いいえ

6 今後、読者モニターとして、お電話等でご意見をお伺いしてもよろしいですか。(謝礼として、図書カード等をお送り致します)

はい ・ いいえ

弊社より新刊情報、DMを送らせていただきます。
新刊情報、DMを希望されない方は下記にチェックをお願いします。

DMを希望しない □

大吾の家は弔問客でごった返し、話す機会がなかった健二は、どうしても陽子と話がしたかった。人生最高の幸せを迎えるはずだった二人を、自分のせいで不幸にしてしまった。陽子はもはや二度と大吾とこの世で話すことができないのだ。健二はなんとしてでも陽子に謝りたかった。陽子が両親と一緒に明日の飛行機で旭川に帰ると聞いていたので、健二も新潟で一泊し、明日の同じ便で旭川に向かうことにした。翌日、健二は時間よりも早く新潟空港へ向かい、陽子の家族を待っていた。

タクシーが止まり、助手席に陽子の姿が見えた。

健二は椅子から立ち上がり、回転ドアを抜けて外の三人に歩み寄った。

「申し訳ありませんでした。私のせいで、大切なお嬢さんに辛い思いをさせてしまいました。どうか許してください」

健二は人目もはばからず地面に手を突き、頭を下げた。

「大吾君のお父さんから、だいたいのことは聞いています」

陽子の父親が立ったまま静かな口調で言った。

「私どももそうですが、一番つらいのは山川さんだと思います」

「本当に申し訳ありませんでした――」

健二は再び頭を下げた。

「お父さん、中に……」

陽子は、健二の視線を避けながら、父親に建物の中に入るよう促した。

飛行機を降りても陽子の家族は特別に健二たちを気遣うふうでもなく、別々に行動した。

新千歳空港から旭川に向かう直行電車はエアポート・ライナーと呼ばれる電車で、途中、札幌からはスーパーホワイトアローと名を変えて特急電車となる。ネイティブアメリカンのニーナは、スーパーホワイトアローという名前が気になるらしく、空港の地下ホームで電車が入って来るのを覗き込むようにして待っていた。

午後九時二十分、健二たちは旭川に到着した。

別れ際、どうしても陽子に謝罪したかった健二は、翌朝に会う約束をやっと取り付け、今夜泊まる旭川ヴィンテージホテルへ向かった。そこは伝統のあるヨーロピアンスタイルのホテルだった。

健二とニーナは軽い夕食をすませたあと、部屋へ向かう廊下を歩いていた。

「それじゃまた明日。いろいろとありがとう」

ニーナの部屋の前で健二はそう言って、自分の部屋に向かいかけた。

「あっ、あの……」

ニーナが健二を引きとめた。

「私と陽子さんと、二人っきりで話す機会はあるでしょうか」

「二人だけで？　明日九時に陽子さんが来る。ぼくは席を外すから、最初に二人だけで話すといいよ」

ニーナは、「ありがとう」と小さな声で言うと、カードキーをドアに差し込んだ。

12

翌朝九時、陽子が旭川ヴィンテージホテルのロビーに現れた。

「こんにちは、陽子さん」

ニーナは陽子に挨拶して、健二が遅れてくることを伝えると、二人で一階のティールームに入った。

「アール・グレイを」

同時に同じ紅茶を注文し、二人は顔を見合わせた。

「陽子さんにお話ししておきたいことがあります。そのために、私は健二さんに頼んで日本に連れてきてもらいました」

陽子はニーナのその言葉に身を固くした。

「私は、大吾さんが殺された瞬間を、アメリカで知りました。知るというより、心に感じました」

陽子の背筋に冷たいものが走った。

「あなたと一緒に食事をしたとき、財布の中の大吾さんの写真を見せてくれましたね。大きな観覧車の前で撮った写真です。あなたも一緒に写っていた写真です」

陽子は思い出した。

今年の六月に大吾と一緒にドリーム・ランドに行ったとき、係りの人に頼んで撮ってもらった写真だ。

「それを見たとき、私は大吾さんに良くないことが起きそうな気がしました」

「それで、あんなにじっと見ていたんですね」

「ただ漠然とそう感じただけです。でも、ずっと気になっていました」

陽子は瞬《まばた》きもせずに聞き入っている。

「ある時期に、私は家族の住んでいるナバホの家に帰ったのですが、そのときから、心にいろいろなことが思い浮かぶようになりました。良いことも悪いことも——。時には強制的に見せられてしまうこともあります」

「見えたんですか？　それじゃ、大ちゃんは、どんなふうにして殺されたんですか？」

陽子は身を乗り出した。

「苦しかったんですか？　それとも……」

「苦しみは、一瞬でした」

「長く苦しんだんじゃないんですね。苦しくて、もがいたわけじゃなかったんですね」

「すぐに意識を失い、何も分からなくなりました」

「ああ……」

陽子は、安堵とも切なさともつかない声を発し、テーブルに突っ伏した。

肩が小刻みに揺れ、陽子はむせび泣いた。

店にいる人たちの目が、二人に集まっていた。

つと、陽子が顔をあげた。

「大ちゃんが、本城先生に会わなかったら……。そうすれば、大ちゃんだって死ななくてすんだ。ね、そうでしょ?」

ニーナが口を開こうとすると、

「待って、何も言わないで。分かっているの。そうしなければならない何かがあったって言うんでしょ。昨日、先生がそんなことを言っていたけど、どんな理由があったとしても、私たちを巻き込んで欲しくはなかった。私が大ちゃんのことを教えてしまったばっかりに……。みんな私のせいだわ」

再び陽子は顔を伏せた。

ニーナは遠慮がちに声をかけた。

「大吾さんは、受け取った設計図のチップを背広の内ポケットに縫い付けて、いつも持ち歩いていました」

陽子は顔を伏せたままである。

「大吾さんは埠頭《ふとう》に連れて行かれ、そこで――」

「殺されたのね」

陽子が間髪を入れずに言った。

ニーナは頷いた。

「埠頭って、どこ、どこの港?」

「はっきりとは……。でも、そこで倒れた大吾さんから男がチップを奪う様子が見えました。そばに女の人が立っていました。顔までは分かりません」

「今も見えているの?」

「見えません。見えたのは、私がアメリカにいたときです。日本に発つ三日くらい前のことです。朝方、心臓が突然、ぐっとつかまれたように苦しくなって思わず起き上がりました。目をとじて胸を押さえていると、今言った光景が見えてきたのです。私は大吾さんが亡くなったことをそれで知りました」

ニーナは声を落として、ゆっくりと話し始めた。

「陽子さん、私が健二さんと一緒に日本に来たのには二つのわけがあります。一つは、大吾さんが苦しまずにあっという間に亡くなったということをあなたに伝えるため。誰も知らない最後の様子をあなたに伝えることで、あなたが必要以上に苦しまなくてすむようにです。そしてもう一つは、健二さんのことを恨まないで欲しかったからです」

「……」

「あなたは信じないかもしれませんが、健二さんとあなたは、とても深い縁で結ばれています。いずれ分かる時がきます。あの人のせいで殺された、そんな風に思って憎む気持ちが起きるかも知れませんが、健二さんは初めて会った大吾さんを、信頼に値する人だと思いました。大吾さんもまた、持ち前の男気を出して健二さんの頼みを聞いたのです」

足音がして健二が二人のテーブルに近づいてきた。陽子はそっとハンカチをバッグにしまった。

健二は珈琲を注文し、ウエイトレスがある程度離れたのを見計らって、

「陽子さん、本当に申し訳ありませんでした」

健二は陽子に向かって頭を下げた。

「ぼくが山川先生に会ったばっかりに……」

陽子は何も言わなかった。健二に対する尊敬の思いが流れ続けていた陽子の蛇口が、大吾の死を境に細く締められてしまった。

「何度も本当のことを言おうと思ったのですが、言った後のあなたの気持ちを考えたり、今、進んでいる計画のことを考えると……」

「勇気がなかった──、ただ、それだけじゃありませんか」

静かだが、責めるような陽子の物言いである。

そのとき、陽子の携帯電話が鳴った。

「……失礼します」

陽子は立ち上がってティールームから出て行った。

しばらくして、陽子が電話を終えて戻ってきた。

「会社からでした。明日の午前十時に、東京の本社に来るように言われました」

「じゃ明日の朝の飛行機で？」

「それでは間に合いません。今日中に行かなければ」

旭川から出ている羽田行きは、これからなら、三時の便と、健二とニーナが乗る五時の便がある。千歳まで行けばたくさん飛んでいるが、夜遅くなると東京に着いてからが大変だろう。

「よかったら、私たちと一緒に行きませんか。五時五〇分のスカイマークです」

ニーナが陽子に声をかけたが、陽子はちらっと健二に目をやり、即答を控えた。

「それじゃ、私は準備がありますので、これで失礼します」

陽子は席を立ち、ニーナがホテルの出口まで送っていった。

「陽子さんと五時に旭川空港のロビーで待ち合わせることにしました」

戻ってきたニーナが健二に告げた。


「当機はまもなく最終の着陸態勢に入ります。シートベルトはしっかりと緩みのないようにお締めになり、お使いになりましたテーブルと座席の背もたれを……」

健二は目を閉じたままで機内アナウンスを聞いた。離陸してからずっと目を閉じていた。単調な爆音が健二の心をいくぶん落ち着かせてくれた。ニーナは気を利かしたつもりか、健二と陽子を並んで座らせたが、健二は声をかけるどころか、まともに陽子を見ることができなかった。陽子は飲み物も辞退して、飛行中はずっと窓の外を見ていた。時折、顔を戻すことはあっても視線は常に下に向けられていた。健二は目を閉じて来し方を振り返り、大吾に発した言葉を反芻《はんすう》し、健二は自分を責め続けていた。目を開ければ、大吾との結婚を楽しみにしていた陽子が隣に座っている——。

機内の照明が着陸に備えて暗くなり、窓の向こうに街の明かりが見える。

「……先生、私、もう先生を恨んではいません……」

陽子が窓の外を見やったまま、小さな声で言った。

陽子の口から突然に出た、思いがけない許しの言葉だった。

「外の星を見ているうちに、……先生もつらいんだろうなあ、と思いました。思ったというより
も気づかされたという感じです。きっと大ちゃんが教えてくれたのでしょう。優しい人だったから」

クイーンと翼のフラップが出る音がした。

「大ちゃんは喜んで先生のお手伝いをしたんだと思います。一度会ったきりなのに尊敬していま
したから……。だから短い人生を悔いてはいないかもしれません。人生を悔いてはいない――

もし本当にそうなら、残された私は、その先生を恨んではいけない。まだ、感情の整理は十分に
できませんが、そう思いました」

陽子は少し間をおいて、

「――先生、見えますか？　あの、明るく輝いているところ」

窓に指をつけて、優しく静かな口調で言った。

一気に心の緊張が解け、健二は涙が出そうになった。

「はい。ドリーム・ワールドだと思います」

陽子はそれを聞いて、

「七月に、一緒に行きました。そして、八月にも」

健二の胸がどんどん詰まってくる。

「ドラゴン・アイという大きな観覧車に乗りましたよね」

窓につけた陽子の指が、まるく円を描いた。

健二はついに耐えきれず、ポケットからハンカチを取り出した。

「すみませんでした——。本当に、本当に……」

健二が落ち着くのを待って、陽子が再び声をかけた。

「私、覚えているんですよ。観覧車のあと火星探検のマーズ・ロケットに乗りました。心臓が止まるかと思ったガン・ブレットにも乗りました。そしてカリブの海賊を見てから、お昼を食べましたよね」

陽子の優しい気持ちが、痛いほど健二に伝わって来た。

「——もう、いいです。ありがとう。二度も同じところに行かせてしまいました。私は大切なことをあなたに——」

「最後まで言わせてください」

陽子はそう言って健二の言葉をさえぎると、同意を求めるように、わずかに微笑んで話を続けた。

「お昼からは、サムライ・キングダムに行って、ワールド・ウォーリヤーズのアトラクションを見ました。世界の剣士たちの衣装がとても印象的でした」

陽子は一つひとつ丁寧に思い出しているようだった。

「三時からはパレードを見て、次に行ったカナディアン・アイランドで、先生と一緒にエスキモーの格好をして記念写真を撮りました」

間違いない。陽子はしっかりとその日のことを覚えている。

「それからは、しばらくベンチで休み、エキセントリック・マジックというショーを見ながら夕食をとりました。確かハンプティ・ダンプティという店です」

暗闇に羽田空港の滑走路が見えてきた。

「中華街でも食事をしました。レストランの名前は春陽好日。デザートはマンゴー・ボウル。グラスの中に四角に切ったマンゴーが入っていて、その上にアイスクリームがのっていました」

陽子の記憶は完璧である。健二が築いた最後の砦はしっかりと守られていた。

ドン！　軽い衝撃とともに飛行機は羽田空港に着陸した。

13

翌朝早く、オクタゴン・オリエンタル・ホテルの健二の部屋で電話が鳴った。

「本城先生、永田です。おはようございます。起こしてしまったでしょうか。申し訳ありません。

フロントから、先生がお泊まりだと連絡があったものですから」

総支配人の永田である。

「先生、実は昨日、朝倉幸恵が来ました。私が直接本人と会いました」

健二はベッドから跳ね起きた。

「朝倉幸恵が？　永田さん、十五分だけ待ってください。こちらからあらためて電話します」

電話を切って時計を見ると七時半だった。

朝倉幸恵。七月に日本に来たとき、健二にセミ・スイートを提供した人物である。

その部屋に泊まった健二は、三人組の男たちに狙われた。そして、朝倉幸恵は、健二がチェックインしたその日を最後にホテルを退職していたのである。

健二は身支度を調えると電話を入れ、永田の部屋に向かった。

「朝倉幸恵が来たんです。別に、給料を取りに来たわけじゃないんです。彼女は七月分の給料はいらないと言っていましたから」

永田は開口一番、こう切り出した。

「今ごろ、なぜ？」

「アメリカの投資会社に入社するので、推薦状を書いて欲しいと言ってきたんです」

アメリカのビジネス社会では、新しい会社に就職する際に、前の会社のトップから推薦状をもらってくると、次の会社での待遇について優位に交渉を進めることができる。健二もそのことはよく知っていた。

「それに、驚きましたよ。なんと、その会社が、あのウォルサム・モンローですよ。超一流も超一流。推薦状を書く私の方が緊張しました」

ウォルサム・モンロー投資会社。ロンドンに本社を置く世界一の投資会社である。

「推薦状を書き終えて、私は何とかして彼女の今の住所を聞きだそうとしました」

「それは、無理でしょう。ぼくを襲おうとした仲間の手引きをしたかもしれない人物です。身元が分かるようなことはしないでしょう」

「ところが、分かったんです。彼女は国外に住んでいます。アルメニアにいたんです」

アルメニア共和国。一九九一年に旧ソビエト連邦から独立した独立国家共同体である。

人口は約三百万人、首都はエレバン。国土の九十パーセントが山地で、標高の平均は一千メートルを超える。

隣国トルコとの国境近くにそびえるアララト山は標高五、一六五メートルで、旧約聖書創世記に書かれたノアの箱舟の漂着地でもある。

アルメニアは経済面では決して豊かとはいえないが、文化の面では高い水準にある。

アルメニア系の著名人には、作曲家のハチャトリヤン、指揮者のカラヤン、ミグ戦闘機の設計者ミコヤンなどがいる。

また、哀しいことではあるが、アルメニア人はトルコやロシアという強国による支配の中で虐殺や強制移住という民族の悲哀を味わったことも事実である。

「アルメニアですか――。彼女が自分から明かしたんですか?」

「最初はガードを固くしていました。でも、先生もご存知のように、このホテルはおかげ様でたくさんの財界人の皆様にご利用いただいております。朝倉幸恵はその後どうしているのか、と今もって皆様が気にかけていてくださいます。彼女は本当に人気がありましたから。彼女にそのことを言い、今後のこともあるからそういった人々とのつながりを大事にすべきだ、普通の人がなかなか得られない人脈を持つということは、いずれあなたを救うことになる、そのために連絡先だけは教えておいてくれないか。皆さんが手紙を書きたいとか、お世話になったお礼をしたいとかおっしゃっているから――。そう言って説得したんです」

「さすがですね。永田さんにかかれば、どんな女性も――」

「おっと先生、それ以上はおっしゃらないでください。壁に耳あり、障子に目あり」

総支配人の永田は、唇に人差し指を立てながら、その実、大声で笑った。豪放磊落。愛しているのは妻だけですと言っているが、他に女の一人や二人がいてもおかしくはない。彼ならみんなまとめて幸せにしてしまうだろう。健二はそんなことを思いながら彼の顔を見ていた。

「ところで先生、つい最近、新聞で札幌の山川弁護士という人が殺されたという記事を見てビックリしました。先生が先月お話しくださった、あの山川大吾弁護士ですよね」

「――はい」

「手稲山で見つかったそうですね。どうしてそんな所で殺されたんでしょうか?」

「実際は、小樽でだそうです」

健二は言った後で、しまった、と思った。小樽で殺されたらしいということはニーナから聞いただけで、確たる証拠はない。

「永田さん、それじゃこれで失礼します。助かりました。朝倉幸恵のことは、ぼくの方でも少し調べてみます」

健二は礼を言って永田の部屋を出た。


部屋に戻ると電話が鳴った。

「すみません、永田です、関係ないかもしれませんが、ちょっと気になったもので」

「なんでしょうか」

「先ほど先生は、山川弁護士が小樽で殺されたと言われましたでしょ。笑わないで聞いてください。例の朝倉幸恵は、アルメニアにいますよね。そのアルメニアからは毎年夏、ダンサーたちが北海道に行くんです。興行系の人々、ヤクザさんも絡むことがあるのですが、彼らがアルメニアからダンサー達を連れて来て北海道を回るんです。結構な金になり、彼女たちにしてみればいい稼ぎです。彼女たちは成田に着いてそのまま東京に行き、池袋から高速バスで新潟まで行き、そこからフェリーで小樽に着きます。あとはマイクロバスで北海道の各地を回るんです。帰りは全く同じルートを逆にたどり、飛行機に乗せられておしまいです。彼女たちは日本といえば北海道しか見ることができず、お土産も帰りの成田空港でやっと買える程度です。体育学校の先生や学生が多く、金を稼ぐ目的だけで日本にやってきます。ですから観光はできなくて当たり前、飛行機代も高いので二度と日本には来れないことを知った上で厳しい待遇にも我慢して来るのです。日本は本当に豊かな国なのに、そこに住んでいる我々はそのことに気づいていない――。おっといけない、本題から外れてしまいました。もとに戻ります。山川弁護士が小樽で殺された、小樽港はアルメニアのダンサーたちが利用する、先生を狙った一味かもしれない朝倉幸恵はアルメニアに住んでいる、何かつながりがあると考えるのは考え過ぎでしょうか？」

「小樽は、アルメニアのダンサーたちが出入りする港だったんですか」

初めて知った。それにしても永田は情報通である。健二は永田の電話に感謝した。

14

週末の土曜日、健二はグレッグとサンフランシスコ国際空港の近くの公園で、爽やかな風を受けながらランチボックスを広げていた。

グレッグ・イノクティは日系三世である。祖父は福岡からやってきた猪口健三郎という名前だが、その名字である猪口が、どういう訳かイノクティとなってしまった。

グレッグはプログラマーを派遣する会社の社長であり、セルネックス社にも数人のプログラマーを派遣していた。

日本行きの飛行機が長い滑走路をゆっくりと移動して、向きを変えたと思うと大きなエンジン音を残して離陸して行った。

まるで白鳥が優雅に飛び立っていくような美しい離陸だった。

「順調にいっているようだね」

グレッグはサンドイッチを手に取りながら健二に言った。

「プログラマーたちが優秀なおかげだよ。本当に助かっている。ありがとう」

ジョギング姿の男が二人、遊歩道から芝生に降りて近づいてきた。

「いい天気だね」

サングラスの男が声をかけてきた。太い声だ。

「こりゃ豪勢なランチだ！」

もう一人の男が下品な調子で言った。

「一緒にいかがですか？」

健二は意識的に陽気にふるまった。

「おい、招待を受けちまったぞ」

サングラスの男が振り返って言った。

「飯を食っている場合かな——。お二人さん、ちょっとあっちを見てくださいな」

背の低い男が空港ビルディングを指さした瞬間、出発ロビーの一番北側にある搭乗待合室の窓ガラスが大音響とともに吹き飛んだ。

黒煙があがり、瞬く間に猛烈な炎が噴き出した。

「爆発だ！」

健二とグレッグは同時に叫んだ。

「どういうことだ！」

健二は声を荒げた。

「お前たちがやったのか！」

「まあまあ、落ち着いて！」

サングラスの男が、大げさな身振りで健二を制した。

「あれがお二人さんの家でなくて良かったねえ」

背の低い男が、まるで映画の中の役者のように落ち着いた低い声で言った。

その時、空港ビルの駐車場で、一人の男が小さな送信機のようなものを車の後部座席に放り投げた。

「少し反応が遅かった。誤差が出ているぞ」

男は隣のサングラスをかけた女に目をやった。女が何も言わないでいると、

「まるで自分のせいじゃないとでも言いたそうだな――」

男はそうつぶやいて車を勢い良く発進させた。

赤いポルシェは、一気にうす暗い空港ビルの駐車場からカリフォルニアの太陽が燦燦と降り注ぐ青空のもとへと滑り出た。

爆発のあったサンフランシスコ国際空港は、即座に閉鎖された。消防車や救急車がけたたましく行き交い、一斉に警察による検問が始まった。

サンフランシスコのダウンタウンに向かう道路も、反対方向の南へと通ずる道路も大渋滞と

なった。

健二とグレッグと、そしてジョギング姿の二人の男は、消火活動の続くターミナルビルを見ながら、その場を動くことなく周囲の喧騒《けんそう》を眺めていた。

ジャージ姿の二人は、その場を立ち去ることなく、健二とグレッグのそばにまとわりついている。ボクシングの真似をしたり、ストレッチを続けたり、マイペースを装う二人は独特な雰囲気を持っていた。

健二は精神的に圧迫感を感じ、すぐにでもその場を離れたかったが、見えない鎖で縛り付けられているようで動けない。

「グレッグ、帰ろう！」

腹に力をこめて言うと、二人の男はストレッチをやめた。顔を見合わせて、どうぞご勝手に、とでも言うように肩をすくめ、両手を広げた。

「パーン！」

一人の男が、健二に向けてピストルを撃つような真似をした。

15

その晩、健二はなかなか寝つけなかった。

空港爆破の瞬間や、まとわりついて離れなかったジョギング姿の男たちの顔が、目を閉じても浮かんでくる。

健二は昨日、セルネックス社の副社長であるビルから電話を受けていた。ビルによると、先日、ゴールデン・ゲート・ブリッジから身を投げた男はセルネックス社のマイクだと言うのである。健二も出勤途中にその現場に居合わせ、そのことはよく覚えていた。マイクは中途採用で、健二とは面識がなかったが、ポールの右腕になるのではないかと噂されるほど優秀な男であり、このシリウス計画にも深く関わっていたという。

社長のポールが、マイクの死後少し経ってシカゴで命を絶っている。そのことは山本次官から聞いていたが、同じ社の二人が、相次いで死亡していたということはあまりにも不自然である。

健二の頭は冴えていくばかりであった。

先の見えない強い不安で、結局は眠れないままに朝を迎えた。

まずは、セルネックス社で何が起きているかを知ることが先決である。しかし、前回の山本次官の話し振りからすると、おそらくセルネックス社の誰も本当のことは言ってはくれまい。ポールの死のみならずマイクの死までも健二に知らされなかったということは、なんらかの工作がセルネックス社に対して行われたはずである。

それでも、健二はセルネックス社に電話をかけてみた。

ポールの秘書をしていた女につなぐように頼むと、副社長のビルが直接電話に出た。

健二の会いたいという申し出に、ビルは会社の外でならという条件をつけ、結局二人はセルネックス社と健二の会社の中間地点にあたるショッピングモールで会った。

二人の死を健二に伝えなかったことは本当に申し訳なかった、とビルは謝ったが、なぜ言わなかったのか、それと、なぜシリウスの部品に関する供給契約を突然解約したのかについては、堅く口を閉ざしたままだった。

分かって欲しい、自分には守らなければならない家族がいる、ただそれだけをビルは繰り返し言った。

これでは新しい情報は何も手に入らない。諦めて帰ろうとしたとき、生前ポールが冗談まじりに言った言葉を思い出した。

(健二、この計画はみんなが狙ってくるかもしれない。もし、ぼくがおかしな死に方をしたとすれば、コンピュータになんらかのメッセージを残しておくよ)

確かそんなことを言っていた。

推理小説の読みすぎだと言って笑い飛ばしたのは、半年くらい前のことだった。

「ポールとマイクのコンピュータはそのままか?」

健二はビルに聞いた。

「今までは……」

「と言うと?」

「今朝、突然警察から電話があって、ポールとマイクの部屋は立ち入り禁止にしてもらいたい、今日の午後一時に話を聞きに来ると言ってきました。当初警察は二人の死に関して事件性はないと判断していたはずですが……。何かあったんでしょうか。コンピュータはもちろん、部屋の中の物は一切触らないようにと言っていたし、必要に応じて預からせてもらうとも言っていました」

「とにかく今は、そのままなんだね」

「はい。でも、誰も部屋に入れてはならないと……」

「ビル、時間がない。すぐに会社へ行こう! 二人のコンピュータで調べたいことがある」

「それは無理です。絶対に無理です。いかに健二さんの頼みと言えども、絶対にそれはできません!」

健二は焦った。

ポールとマイクの私物を含むすべての情報が警察に持って行かれてしまったあとでは、いったい何が二人に起きたのか、それを知るわずかな手がかりさえもなくなってしまう。

切羽詰まった健二は、最後の切り札を使った。

「ビル、高木早苗さんのことを、奥さんは知っているのか?」

ビルの顔色がさっと変わった。

「もう五年にもなる。きみが二度目に日本に行ったときから始まった付き合いだね」

「なぜ、それを……」

ポールが酔いに任せて、つい健二に口を滑らせていたのである。

結婚しているビルには愛人がいた。それが高木早苗だった。

彼女はビルを追って日本を離れ、現在日本の会社の米国法人で働いている。ビルの住んでいる町から少し離れたミルブレーという町に住んでいた。

「分かりました。急いで行きましょう」

ビルは観念した。二人はそれ以上何も言わず、急いでセルネックス社に向かった。

サンフランシスコ市警の捜査員たちが来るまで、あと一時間しかない。その間にポールとビルのコンピュータの中身を調べ、おかしなファイルをチェックし、それをコピーして持ち帰らなければならない。

健二は急いだ。とにかく時間がなかった。そばにいるビルも気が気でなかった。

健二はこれまでの知識を総動員してポールのパスワードを発見すると、大急ぎでディスクの内容をチェックし始めた。

おかしなファイルはどこにも見当たらない。

シリウスに関する語句を入れて検索をしても、おかしなものは出てこない。

時間が迫る。

あと三十分しかない。

ポールのコンピュータのほかに、まだマイクのコンピュータが残っている。

時間がない。無理かもしれない。

諦めかけたそのとき、健二は赤い文字でファイル名が書かれているムービーファイルを見つけた。

二十一世紀の半導体設計（ロマノフスキー）、と書かれてあるファイルである。

健二はそのファイルをコピーした。

次はマイクの部屋だ。

残り時間は二十分。

ポールの部屋を出てマイクの部屋に行く途中、健二は数人の顔見知りの社員たちと会った。彼らは以前と同じように明るく挨拶をしてきたが、ビルはそのたびに顔をしかめていた。

マイクのコンピュータは鉄壁の守りだった。

パスワードが分からない。

健二の心臓は音を立て始めた。汗がひたいに滲《にじ》み始める。

「もうやめてください。すぐに彼らが来ます。オズモンド警部は時間に几帳面な人です。健二さん、もう部屋から出ましょう！」

そのとき、パスワードが合致した。

マイクのコンピュータが次々にファイルを開いてくる。多すぎる。間に合わない。

健二はいちかばちか、ポールのコンピュータにあった赤文字で書かれたファイル名を入れて検索キーを押した。

あった！　同じものがあった。二十一世紀の半導体設計（ロマノフスキー）である。

偶然に二人とも同じものを持っていたに過ぎないかもしれない。しかし、手ぶらで帰るよりはいい。念のため、健二はそれもコピーした。

「もう、やめてくれ！　部屋を出てくれ！」

ビルは健二の肩を思いっきり引っ張った。

ビルの携帯電話が鳴った。

「オズモンド警部と、他に二人の方がいらっしゃいました。これからエレベーターでそちらに向かいます」

一階受付の女性からだった。

二人は急いでコンピュータの電源を切るとマイクの部屋を出た。

「健二さん、ぼくはこれから自分の部屋に戻ります。裏口は分かりますよね。そこから帰ってください。もう当分連絡はしないでください。早苗のことは秘密ですよ。もうたくさんだ！」

そう言って、ビルは大急ぎで走っていった。

健二は、裏口から外へ出ると車に乗り込んだ。

正面玄関の前には警察の車が二台止まっており、一台の車の中では二人の制服警官がハンバーガーをほおばっていた。

健二は手の中の大容量記憶装置をポケットにしまい、車を発進させた。

16

夕方、自宅に戻ると、健二はセルネックス社から持ち帰ったムービーファイルを見た。

痩《や》せた学者風の、白衣を着た五十代の男が、研究室と思しき場所で話し始めた。

ポーランド訛りの強い英語である。

新しい設計理論だった。凡人の思いつく発想ではない。

なるほどと思わせる部分もあったが、実際に可能かどうかは疑わしい部分もある。しかし全体としては非常に興味深く、ポールやマイクが関心を持ったことも納得がいく。そうはいっても、これが二人の死に直接関係しているとは思われない。近いうちに、時間をかけて二人のコンピュータを丁寧に解析してみたいと思った。

ムービーが進むつれて、なんとも喩《たと》えようのない気分になってきた。言葉に言い表せない、どこかへ沈んでいくような気分……、軽い鬱《うつ》の気分である。

白衣の男が話す言葉が、妙に気にかかる。

「素早く次の回路と交信に移り」という意味で使われている、「ジャンプ・トゥー！」という言葉、「表面では見えない深い部分にまで影響を与え」という部分で頻繁に使われている、「ダイブ！」という言葉、さらに、「さて、とか、今こそ」という意味で使われている、「ナウ！」という言葉がいやに鮮明に聞こえ始めた。

ニーナが日本茶を持って書斎に入ってきた。

週末になると、ニーナは健二の家にやって来て、家事をしてくれるのだ。

暗くなる前に自分のアパートに帰るのだが、男やもめとなった今の健二にとって、ニーナの心遣いはありがたいことだった。

ニーナは健二のそば来て、コンピュータの画面を覗き込んだ。その瞬間、

「ストップ・イット！」

そう叫ぶやいなや、ノートパソコンの画面を思いっきり閉じた。

「何をするんだ」

健二は驚いてニーナを撥《は》ね退けた。

バランスを崩したニーナは床に転倒し、茶碗が割れ、お茶が床にこぼれた。

「マインド・コントロール！（心が操られるわ！）」

その言葉に、健二はハッとした。

ニーナは起き上がると、走って出て行った。

健二は急いであとを追ったが、前に使っていた自分の部屋に駆け込むと、ドアの鍵をかけた。

「ニーナ、大丈夫か？」

返事がない。

部屋の中でニーナは何かを探しているようだ。

ニーナが出て行ってから、健二はその部屋に一歩たりとも足を踏み入れていない。クローゼットの中に何かを置いていったのかもしれない。

「ニーナ、どうしたんだ、ニーナ」

すっとドアが開いた。

ニーナは、これまでに健二が見たこともない衣装を身に着けていた。

シンプルなデザインだが、素材は麻とシルクのようで、髪に羽飾りをつけたニーナは神秘的な雰囲気を醸しだしていた。

「早く外に出て。ついて来てください！」

健二は、言われるままにニーナのあとについて前庭に出た。

二人とも裸足のままだった。

ニーナは健二の先を歩き、立ち止まって振り返ると、その場所に健二を座らせた。

持っていた細い枝のような棒で健二のまわりに円を描いた。芝生の上では描きにくいはずだが、不思議に細い枝はきれいなサークルを描き出した。

白い衣装を着た羽飾りの女は、星明かりのもとで不思議な雰囲気を漂わせていた。健二がいつも見ている十八歳のニーナではなく、巫女という言葉がぴったりの女に変身していた。

ニーナはサークルの外側に赤と緑の細かい粉を撒いた。そして健二の前と後ろに、わずかな量の薄い紫色の粉を置いた。

ニーナは健二に背を向けてひざまずき、星が煌く夜空に向かって両手を広げた。何事かをつぶやくと、小さな革の袋からひとつまみの黒い粉を取り出し、それを健二の前にある粉の上に振りかけた。

煙があがった。

とても良い香りがしてくる。

ラベンダーのような香りだ……。そう思ったとき、ふいに香りが変わった。そして、いつの間にか健二は意識を失ってしまった。

気が付くと、ニーナはまだ健二の前で芝生にひざまずき、背筋を伸ばして両手を夜空に広げていた。

ニーナは、健二が意識を取り戻した気配を感じると、両手を降ろし、空と大地に感謝するかのように深々と地面に頭をつけた。そしてゆっくりと身体を起こした。

健二は驚いた。北斗七星の位置が変わっている。ほんの数秒だと思っていたが、実際はもっと長い時間意識を失っていたのである。

急に寒くなった。

ニーナが振り向いて、優しく言った。

「中に入りましょう。もう大丈夫です」

家の中は温かかった。

鬱の気分はすっかり取れ、身体が軽くなっていた。

「ニーナ、さっき撒いた粉、あれは何?」

「いろいろです。でも、初めて使ったものもありました」

「おいおい、ぼくは実験台かい?」

「効果はあると思っていました。ナバホの村で採れた、あの石を潰した粉です」

ニーナと一緒にいると、科学の世界で生きてきたはずの自分が、不可解な力に導かれてどんどん神秘の世界に連れ込まれていくような気がする。

珈琲を飲みながら健二は、先ほどのムービーから受けたサブリミナル効果のような現象を振り返った。

ポールとマイク、二人の死については説明がつくように思った。


翌朝六時、健二は電話で起こされた。

オクタゴン・オリエンタル・ホテルの総支配人の永田からだった。

「先生、こんばんは。と言っても、そちらはおはようですね。朝早くからすみません。でも、ま、早起きは三文の徳といいますからね」

「どうしました?」

「先生、いたんですよ。朝倉幸恵が小樽にいました。カーフェリーのターミナルビルにアルメニアのダンサーたちと一緒にいたんです」

「えっ!　いつですか?」

「九月二十九日の朝、小樽港のフェリーターミナルにいました。十時半発新潟行きのフェリーに乗るため乗船口にいたんです」

「なぜ分かったんですか？」

「実は小樽まで行ってきたのです」

「わざわざですか？」

「全国のホテルの総支配人会議が札幌でありまして、そのついでにと言ってはなんですが、小樽まで足を伸ばして探偵まがいのことをしてきました」

あの永田の風采で、革ジャンを着せて警察手帳でも持たせれば、間違いなく定年間近の練達の刑事に見えるだろう。声も低くドスがきく。

「多少、福沢諭吉さんの手も借りました。いやいや、これは今までに私らが先生にお世話になったお礼の気持ちからですから、どうぞ気にせんでください。銀座のクラブに一回行ったくらいのものですから」

「永田さん、かかった経費くらいは……」

「いいですから。とにかく朝倉幸恵は乗船口のビデオカメラにしっかりと映っていました。他のカメラにも映っていましたが、乗船口のカメラが一番よく映っていました」

ニーナは、日本時間で九月二十八日の午後十時頃、大吾は小樽で殺されたと言っていた。

この死亡時間は、司法解剖の結果からしても信用できた。そしてニーナは現場に日本人の女の姿もあったとも言っていた。

大吾を殺した犯人たちが、翌二十九日のカーフェリーで北海道を離れたとしても不自然なことではない。

「永田さん、その映像をもらうことはできませんか？　フェリーの会社は嫌がるでしょうが、なんとか手に入れていただきたいのですが。金がかかっても構いませんので」

「もう、手元にあります。ＤＶＤにしてもらってきました」

「ありがとうございます。早速送ってくださいませんか」

「明日の朝一番で、秘書に国際宅急便で送らせます」

「永田さん、そうではなくて通信で送ってください。コンピュータの添付ファイルで送ってください。今どき、よほどのものでない限り宅急便は使いませんよ。とにかく急ぎます。明日の朝一番で送ってください」

「どうもそのう、コンピュータは苦手なもんで」

今までの永田の元気がいっぺんにどこかへ消えた。

「秘書の方にお願いしてください。それくらいは、あの聡明な女性ならできるはずです。お願いします」

健二は電話を切った。

永田から映像が届いたら、夜にでもそれをニーナに見せよう。そしてニーナのまぶたに浮かんだ日本人の女が、その映像の中の朝倉幸恵に間違いないということになれば、また一つ健二のまわりで起きた不可解な事件のつながりが明らかになる。


午後五時、日本時間で午前十時、健二の家のパソコンに永田から映像が届いた。

健二はニーナを呼んで一緒に映像を見た。

ニーナは画面の中の女を指差して、大吾が倒れている場面が幻のように見えたとき、そばに立って彼を見下ろしていた女に間違いないと言った。

山川大吾は、九月二十八日午後十時頃、朝倉幸恵を含む数人のグループに小樽港で殺され、そして翌二十九日、朝倉幸恵はアルメニアのダンサーたちとともに午前十時半小樽港発新潟行きのフェリーに乗船していたのである。

シリウスⅡの設計図は朝倉幸恵の手に渡ったとみて間違いない。


夜も更けてきた。

書斎のドアを軽くノックする音がしてニーナが入ってきた。

「ちょっとお話ししてもいいでしょうか……」

健二は読みかけの本を閉じた。

「さっき永田さんが送ってくれた映像を見て、やはりラーキン先生とのことや、なぜ私が大学を退学になったかをお話しすべきだと思いました。先日、空港で、二人が健二さんの跡をつけているると知ったときにお伝えすべきでしたが、大吾さんの件で苦しんでいる健二さんの姿を見ると、とても言い出せませんでした」

健二は少し驚いたが、そのまま黙ってニーナの話を聞くことにした。

「私は入学してからすぐ、ディック・ラーキン先生の授業を選択しました。物理学の授業です。二ヶ月ほどして、ラーキン先生の研究室に呼ばれました。行ってみるとベッドが三つ並んでいて、女子学生二人と男子学生一人が横になって頭にセンサーのようなものをたくさんつけていました。脳波を測定するときにつける電極のようなものです。センサーの先は見たこともない機械につながっていました。何の変哲もない長方形の箱のようでしたが、不思議なことに、まるで生き物のように色をときどき変えているんです。呼吸でもしているように、ゆっくりと静かに色を変えていました。

研究室には白衣を着た女性もいました。スーザン・ウィルソンという女性で、ブロンドの髪の三十歳くらいの人でした。そう、前に空港でスミコさんから渡された紙に書いてあった女性です」

健二は覚えている。十月一日に山川大吾の遺体が発見されたという報せを受け、ニーナとともに日本へ向かう当日、サンフランシスコ空港のラウンジで渡されたメモにあった名前である。

健二が日本へ出張する際には、いつもディック・ラーキンと一緒に同じ飛行機に乗っていたという、あの女である。

「スーザンはラーキン先生の助手をしていました。ラーキン先生の研究室では、絶対に口外してはならないという研究が進んでいました」

健二は、科学者として、ニーナの話に引き込まれた。

「それは、相手の心の中に入り込む研究でした。電子機器を使うことなく交信して、相手の心を読んだり、相手が残した物の中から、その人の思いや未来の行動を読もうとする研究です。相手が死んでしまった場合に、遺留品の中から生前の行動や思いを知ることも研究の一部ですが、これは数年前にほぼ完成されているようでした。今の対象は、現在生きている人間、即ち死んで固定化された思いではなく、流動的で無数の分岐を伴うバイタルな想念だと言っていました。そして、こうした研究は表には出ませんが古くから行われてきたそうです。特に昔のソビエト連邦や東ヨーロッパの国々では長い間研究が続けられてきたとラーキン先生は言っていました」

「そして、その研究に協力するように言われた。そうだね」

健二が口をはさんだ。

「はい。ラーキン先生は私が入学試験を受ける前から、私をマークしていたと言っていました」

「入学前からか……。高校の成績が抜群に良かったし、スポーツも万能。それにニーナは可愛いから」

「いいえ、違います。私に目を留めたのはスーザンです。スーザン・ウィルソンはそういった能力がとても高い女性です。入学試験の願書を手に取り、そこに貼られていた写真から私の能力を感じ取ったそうです」

「そのときニーナはまだ高校生でしょ。もちろん自分にそんな力があるとは思ってもいないよね」

「はい。大学に入ってからです。人の気持ちが読めるような感覚を持ったのは」

「スーザンはそうしたニーナの潜在的な力に目をつけたんだね」

「彼女はラーキン先生に、どうしても私を研究に協力させるよう強く求めたそうです」

「そのことと、退学とは何か関係が？」

「私は研究への参加を断りました。その瞬間に二人の態度が急に変わりました。きみは断れる状況にはないんだ！　このことを知った以上、きみがやらないと言って、はいそうですかという訳にはいかない。断ればきみを学生のままでいさせることはできない。それでも断るつもりか！　そう言われました」

にわかには信じられなかった。

あのディックがそのような言葉を発する人物とは思えなかった。

「スーザンは、さらにこうも言いました。ラーキン先生が学内でどのような立場にあるのか、あなたは知っているのかと言うんです」

「教授会をまとめているとか、大学の専務理事であるとか？」

「そういうありふれたことではありませんでした。健二さんは、ラーキン先生がイギリスの貴族の出身であることはご存知ですよね。実はラーキン家は十九世紀末から二十世紀初頭にかけてヨーロッパとアメリカの石油産業を支配したラーキン・オイル社を基盤にして巨大な富を築き上げていったのです。石油産業で世界一の財をなしたロックフェラー家とまではいかなくても、ラーキン家の富はとてつもなく巨大なものだそうです。歴史の陰に隠れて、社会に大きな影響力を与え続けてきたラーキン家は、今でもさまざまな研究に莫大な資金を投入しています。世界各国の大学や研究機関は、そのほとんどがラーキン家による資金の提供を受けているとさえ言われています」

「では、ディックのいるクリン・フィールド大学も？」

「それは分かりません。ただ、このようなバックグラウンドを持つラーキン先生の存在が、学内で大きな影響力を持っていることは確かです」

「その現れの一つが、ディックの言うことを聞かなかったニーナの学外追放か――」

笑顔を絶やさず、女子学生たちに絶大な人気があり、いつも明るく紳士的な態度で人に接していたディック・ラーキンが、自分の知らないところで専制君主のような身勝手な振る舞いをしていたとは――。

「しばらくして、私はラーキン先生の研究室に呼ばれ、書類にサインをするように言われました。内容を読むと、私がラーキン先生の研究を妨害したと書かれてありました。発表前の研究論文を学外に持ち出し、報酬と引き換えにそれを他の大学の教授に渡したというんです。私はそのことを認め、自主的に退学するという意味のことが書かれてありました」

「なんと――。もちろん、サインはしなかったよね」

「もちろんです。すると、ラーキン先生は怒るどころか、薄笑いを浮かべながら言いました。これできみもおしまいです、そう言ったのです。あの笑顔は今思い出しても気味が悪い……」

ニーナは思い出したように肩をぶるっと震わせた。

「それから数日後、大学側から弁護士と連名で、私を退学処分にしたという通知がきました。見事に証拠が捏造されていました。私が最初に研究室に入った瞬間からビデオカメラが回っていて、その日以降に撮られた映像は、全てが都合よく編集され、会話までもが私の声に似せてレコーディングされていました。私が初めて研究室に入った日に、ベッドで横になっていた三人の学生が、教授会で私の犯罪を証言しているビデオも同封されていました。裁判に訴えたとしても、絶対に私が勝つ見込みはないでしょう。それほどまでに周到に、完璧に、私の退学が演出されていました。抵抗しても無駄だと思い、私は大学をやめました」

ディックが進めている研究は、おそらく裏の研究だろう。

健二は学会誌に掲載されているディックの論文をおおかたは読んでいたが、どれも量子論に関するものだった。

「健二さん、あの女の人が言ったことを覚えていますか？　ラーキン先生とスーザンがいつも健二さんの後を追うようにして同じ飛行機で日本に向かっていたということを」

「覚えているよ」

「それは、スーザンが言い出したことなんです。スーザンは自分が一緒にいた方が何かと便利だと言って日本について行ったんです。ラーキン先生はスーザンのことが好きで、これまでにもたくさんのお金を彼女に渡しています。それに大学では特別研究員という肩書きも与えています。ただ、スーザンの心には大きな悪が芽生えています。それが何かは私には分かりません。何をやろうとしているのかも感じることができません。とにかく今のスーザンはラーキン先生のためにではなく､自分のやろうとしていることだけのためにラーキン先生を利用しているにすぎません」

健二は、ディック・ラーキンという人間が分からなくなった。

「スーザンは私のことをとても気にしています。私よりもずっと能力が高いのに、いつも遠くから私の心の中に入ってこようとしています。スーザンは私の力がどの程度進歩しているのか、とても気にしています。私の知っていることはこれだけです」

ニーナは言い終えて、ほっとした表情になった。

17

ニーナが言ったように、スーザンはニーナの消息がずっと気になっていた。

ニーナが健二の家から突然に姿を消したことをディックから聞いたスーザンは、その後のニーナの所在をつかもうと遠隔透視の網を張り巡らせた。

しかし、ニーナは網にかからなかった。

ナバホの村に帰ったニーナは、そこで発見された新しい鉱石をジーンズのポケットの中に入れていた。不思議なことにその石は、ポケットの中で一定の周波数を発しており、スーザンがニーナを探すために発する周波数に変調を与えていた。いわばニーナのまわりに見えないバリアーを築いていたのである。

だが、ソーサリートに戻り、新しいアパートを見つけたニーナは、その石をジーンズのポケットから出して机の上に置いた。その瞬間、スーザンはニーナを探し当て、再び彼女を追跡することが可能となった。

シリウスを使った情報・エネルギー通信システムに興味を抱いていたディック・ラーキンは、ジュネーブで開かれた量子通信に関する国際会議に出席した際、アメリカの科学者から健二の計画が実用可能な段階にきていることを知らされた。

七月に、日本の総務省主催でシリウスの関係者だけを集めた会議が開かれるという。そこで実際にシステムを稼動させる予定だとも聞いた。

ディックはその会議に招待されていなかったが、なんとしても内容を知りたかった。

モンテ・スプリングスに帰ったディックは、そのことをスーザンに伝えた。すると彼女はどうしても日本に一緒に行きたいと言い出した。

日本政府が主催し、世界各国からの関係者を交えての重要会議が東京で開かれるのなら、キーマンである本城健二が特別な情報を持って日本へ行くのは間違いない。健二の心に入り込み、何かしらの重要情報を奪い取る。スーザンの目論みはそこにあった。

そして七月八日、添田総理大臣出席のもと、ブラボー計画の国際会議が東京で開かれたが、そのときスーザンと一緒に日本に来たディック・ラーキンは、会場となったホテルの警備室にいた。

ディックは、特別のモニターや録画のための最新機材を持ち込み、警備員たちを買収し、会議の一部始終を録画していた。

会議になど出席しなくても、俺はここでこうやってすべての状況を手に取るように把握することができる。俺の前で隠し事など何もできないのさ。ディックは勝ち誇ったような顔をしてモニターの前に座っていた。

何事にも自信があるように見えるディックの行動は、ラーキン・ファミリーの持つ潤沢な資金力に支えられていた。家や車はもちろんのこと、学歴、社会的地位、人の心までも、金の力で手に入れることができると信じているディックは、まさに我が世の春を生きていた。

しかし、その春にも陰りが見え始め、スーザンとの甘い関係に終焉《しゅうえん》が近づいていることなど、ディックにとって知る由もなかった。

一方、スーザンは、日本に着いたときから健二の心に侵入し始めた。

会議の当日も、警備室から意識を集中して健二の心にアクセスを試みたが、健二の心には特別な意識の揺れは起きなかった。健二の行動は、すべて予定していた行動であるため、心に揺れが生じないのである。

会場で発表する情報は、発表した時点で出席者全員が知るところとなり、それでは金銭的価値を持たない。心の奥にひそかに隠している情報こそが金になるのだが、健二の心に揺れが生じていないということは、何も隠していないということになる。

スーザンは、意識を集中していたせいで、身体がひどく消耗してきた。そして、ワラにもすがる思いで健二の心に起こる予定外の行動を待ち望んだ。

会議が終わった翌日、スーザンはついに、健二の心の揺れを捉えた。予定されていない特別な意識の変化が、健二の心に起きた証拠である。

スーザンは、北へ向かおうとしている健二の意思を見つけ出した。

実際に健二は、予定を変更して翌朝早く札幌へ向かい、陽子のフィアンセである山川大吾弁護士に初めて会うことになるのだが、スーザンはその前夜に健二の心から翌日の行動を読み取ったのである。さらに、健二が大吾に渡そうとしているものがシリウスの設計図であることもつきとめた。設計図そのものが見えたわけではないが、健二が心の中で何度も言っている、シリウスⅡの設計図、という言葉をしっかりとキャッチしたのである。

18

本国からの指示を受け、東京を拠点として活動しているアルメニアのテロリストグループが、札幌に飛び、健二からシリウスⅡの設計図を受け取ったとみられる山川大吾弁護士の日常を監視し始めた。フィアンセの徳永陽子に関する情報も集められた。

テロリストたちの計画は、山川大吾を拉致して設計図を奪い、その設計図の解析結果をもとに、世界中に普及したシリウスを電子兵器に転用し、嬉々としてシリウスを腕に付けている国民全員を人質にとって政府から膨大な身の代金を奪い取るというものだった。

ターゲットは日本である。

十月一日に添田総理が国民に向けてブラボー計画の発表をするという情報がアルメニアのテロリスト本部にもたらされた。

シリウスの実用化を日本政府が保証する。このことは即ち一億数千万人の人質が間違いなく誕生するということでもある。

山川大吾を拉致し、設計図の奪取を実行せよ。


東京に出張する山川が札幌の自宅を出た時から、二人の白人男性が密かに後をつけた。

二人は東京地方裁判所の三階の化粧室の中に大吾を連れ込み拉致する計画を立てていたが、直前になって化粧室近くの法廷で被告が裁判官に殴りかかるというハプニングがあり、大勢の人々が集まってきたため、中止せざるを得なかった。そして、その後は襲う機会を見つけられないまま、大吾とともに札幌に戻ってきた。

大吾は札幌に着くと、誰かが留守中に部屋に入ったらしいという陽子の電話を受け、自宅に帰らず陽子のマンションへ直行した。

朝倉幸恵は部下たちを三ヶ所に分けて配置していた。

大吾の自宅と中央区にある法律事務所、そしてフィアンセである徳永陽子のマンションである。

そのうちのどれかに向かうはずだ。

万が一、拉致に失敗したときを考えて、徳永陽子を会社帰りに拉致するようにとの指示も出ていた。

幸恵は白人の男二人とともに、陽子のマンションで大吾を待った。

大吾の自宅では日本人と白人がそれぞれ一人ずつ、法律事務所では白人の男二人が大吾を待ち構えていた。

東京から大吾とともに札幌に戻ってきた男二人は、タクシーに乗って大吾のあとをぴったりとつけていた。彼らは朝倉の携帯電話に大吾が陽子のマンションに着いたことを伝えた。

「獲物が来るわ。絶対に殺してはだめよ」

幸恵はそばにいる二人の男に言って、十二階の非常階段の踊り場に隠れた。

やがてわずかにあいている非常扉の隙間から、前を通り過ぎる大吾の姿が見えた。

男たちはそっと扉を押しあけてマンションの廊下に出た。そして土足のまま陽子の家にあがると、リビングルームにいた大吾を大柄の男が後ろから羽交絞めにした。

驚いた大吾は男を突き飛ばし、部屋から逃げ出そうとした。

もう一人の男がナイフを取り出して大吾を追う。

「やめろ、ニキータ！」

大柄の男が叫んだ。

ニキータは大吾の背中をつかむと喉に切りつけた。電話機のそばの壁に血が飛び散り、大吾は首を押さえてしゃがみ込んだ。

外で周囲を見張っていた幸恵が飛び込んできた。

「ニキータ！」

彼女はそう言うなり、そのままリビングに飛び込んで、ニキータの手からナイフを奪い取った。

大吾は、立ち上がろうとして意識を失い、床の上に崩れ落ちた。

幸恵は急いでバスルームへ行き、持ってきたタオルで大吾の首を強く押さえた。

タオルがみるみる赤く染まっていく。

「アルナス、バスタオルを持ってきて。ニキータ、部屋を荒らして！　急いで！　それからコンピュータの近くにあるものを何でもいいから集めてバッグに入れるのよ！」

幸恵は大吾の首をしっかりと押さえていた。とにかく強く圧迫して血が止まるのを待つしかない。幸恵は男たちに命じて意識を失った大吾を部屋から運び出すと、非常階段の扉を開け、踊り場にいったん降ろさせた。

そのとき、エレベーターが開き、若い白人男性が急いで廊下を走ってきた。

幸恵は男を非常階段に引き入れた。

「今までどこに行ってたの！　地下に降りて車にエンジンをかけて待ってなさい！」

幸恵が車のキーを渡すと、その男は再びエレベーターに戻り、地下の駐車場へ降りていった。

運良く大吾の首からの出血は止まり、大事には至らなかった。

大吾は札幌市中心部から車で一時間ほどの当別町という町に連れて行かれた。スウェーデンハウスと呼ばれる北欧調の家がたくさん建ち並び、冬にはサンタクロースが来る町として知られていたが、雪が深く、また低迷する北海道経済のために家を手放してしまう人々もいた。幸恵は、そうした家の一つを借りて、北海道で活動するための拠点にしていた。

幸恵は、山川大吾にシリウスⅡの設計図のありかをしつこく聞いてみたが、大吾は決して口を割らなかった。

業を煮やした幸恵の上司は、大吾をアルメニアに移送するよう命じた。

九月二十八日午後十時、小樽港の埠頭に大吾を乗せた車が止まった。

明朝十時半発の新潟行きフェリーに大吾を乗せるため、前日のうちに大吾の身柄を別の男に引き渡せとの指示によるものだった。

黒いベンツが近づいてきた。

後ろのドアが開き、色が白く、線が細い感じの四十代とみられる日本人の男が降りてきた。幸恵はその男と電話で話したことはあったが、姿を見るのは初めてだった。

男は幸恵に腕時計のようなものを手渡した。

「これを、弁護士さんの左腕にはめろ」

低い声で静かに言った。

幸恵は車に戻り、大吾の左手首にそれをつけた。

「外の空気を吸わせてもらえないだろうか」

大吾は車の後部座席で男二人に挟まれるようにして座っていたが、左隣の男に言った。男は幸恵の了解を得て、大吾の手錠をはずして外へ連れ出した。

その瞬間、大吾は背広の内ポケットに手を入れて、生地を引き裂くような動作をしたかと思うと、何かをつかんで海に向かって投げようとした。

バシッ！　大吾の身体半分が光った。

わずかな煙が大吾の身体から立ちのぼり、エビのように反り返った身体は、人形のように地面に倒れてバウンドした。

驚いた幸恵はベンツの男を見た。

男は無線機のようなものを手に持っていた。そして表情を全く変えずに、平然とした様子で幸恵に言った。

「そこに落ちているだろう。弁護士さんが投げようとした物が――。みんなで早く探せ。小さいもんだ。見落とすんじゃないぞ。それがたぶん設計図だ」

ベンツを運転してきた白人の男と幸恵の部下の二人が懐中電灯を手にして、地面を這いつくばって探し始めた。

「何をしたんですか？　さっき彼の手につけたものはいったい……？」

幸恵は男に聞いた。

「要するにあれがシリウスに手を加えた殺しの道具だよ。うちの奴らは本格的な設計図なしで、よくあそこまで作ったもんだ。ちゃんと動いたじゃないか。少し電圧が高すぎたようだが、ま、今度は設計図が手に入ったんだから、完璧なものができるだろう」

「何も殺さなくても……」

「アルメニアに連れて行けば、いずれ、殺してくださいと頼むようになる。拷問の恐ろしさならお前も知っているだろう。俺たちはどんなことをしてでも口を割らせるからな。弁護士さんもさっさと渡せばよかったものを……。それにしても内ポケットに縫い付けていたとはな」

しばらくして男たちは数ミリ四方の薄いチップを発見した。

19

十月も半ばを過ぎ、北海道に雪虫が舞い始めた。

雪虫は小さな虫で、腹に白い綿のようなものをつけてフワフワと飛ぶ。手でさっと空気ごとつかむと、それだけで死んでしまい、手のひらに白い綿のようなものが残る。

雪虫が舞うと、ほぼ十日で初雪が降り、翌年の春まで北の大地は雪に覆われてしまう。

徳永陽子は大吾の遺体が発見された手稲山の中腹に来ていた。

明日からはアメリカ出張が組まれていたが、午後から有給休暇をもらってやって来たのである。

陽子は道路の端に車を止め、現場に花束を置いて手を合わせた。

本来ならば、今月、結婚式をあげていたはずである。

白い雪虫が一匹、陽子の指に止まった。手のひらに移動してきて、長い間離れずにいたが、そのまま動かなくなってしまった。陽子はじっとそれに見入っていた。

サンフランシスコでは、ニーナが空港で陽子を出迎え、二人は健二の家へ向かった。

陽子が別の部署に移るのではないかと心配していた健二は、今まで通りブラボー計画を担当するという陽子の言葉に大いに安堵した。

三人は、健二が買ってきたケーキを食べながらいろいろな話をしたが、ニーナは陽子が話してくれるドリーム・ワールドの話に興味があるらしく、目を輝かせながら聞いていた。

しばらくして、グレッグがやってきた。

健二は陽子にグレッグを紹介し、彼がセルネックス社にコンピュータの技術者を派遣していることや、公園で一緒にランチを食べていたときに起きた空港爆破事件のことなどを話した。

電話が鳴った。

「日本の山本さんからです」

ニーナが健二に子機を渡しながら言った。経済産業省の山本和男事務次官からである。

「先生、サンフランシスコの空港で起きた爆破事件ですが、あれにワイ・ディー電子の老松常務のお嬢さんが巻き込まれていました。残念ながら、お亡くなりになりましたが」

「えっ、日本人はいなかったのでは？」

「領事館の確認不足でした。アメリカの大学で学んでいて、週末を利用してデンバーの友達に会いに行くところだったそうです。それと……、私は、今回の計画から外れることになりそうです」

「えっ！　どういうことですか？」

「追って連絡が行くと思います。とりあえずご報告だけでもと思いまして」

山本次官は一方的に電話を切った。

健二は陽子の方を見て言った。

「陽子さん、ワイ・ディー電子をご存知ですよね」

「はい、シリウスに部品を供給している会社です。新しい素材も研究しているそうですが、セルネックス社に代わって部品を供給することになった会社ですよね」

「その通りです。そこの常務のお嬢さんが亡くなられました。グレッグ、ぼくたちが公園で見た、あの爆発でだ」

「なんだって！　ケンジ、危険だ。ブラボー計画は危険すぎる。お嬢さんのことだけじゃない。公園で会った二人組は、あの爆発が俺たちと関係があるかのように言っていた。どうみても正常じゃない。セルネックスのポールもマイクも死んでしまった。とにかく危険だ。命を落とすことになりかねないぞ」

陽子の前ではさすがに大吾の死までは言いだせなかったのだろうが、グレッグは明らかに怯えているように見えた。

みんなが帰ったあとで、しばらくして、再び山本次官から電話がかかってきた。

「先ほどは、歯切れの悪い電話で申し訳ありませんでした。これは公衆電話からかけています。そのほうが安全ですから」

健二は、山本が口にした安全と言う言葉に事態の異常さを感じた。

「実は近々、マスコミに私の名前があがるかもしれません。私の更迭人事です」

「更迭ですって?」

「最初はまず不仲説が流されます。経済産業大臣の宮崎さんとの不仲がマスコミに流されます。

次に……」

「次に?」

「贈収賄です」

「なんですって!」

「私に贈収賄の嫌疑がかかります」

「どういうことですか」

「先生、このブラボー計画はいったい何なんでしょう。先生の身辺警護を担当していた男たちが七月に殺されましたよね。その後、誰が流したのか、彼らの存在をマスコミが嗅ぎ付けました。政府は裏工作を駆使して、世間に漏れることがないよう図ったのですが、それからはしばらく本城先生に警護をつけてはならんとの命令が出ました。今はもう先生のまわりにそれらしき人物はいないはずです」

確かにドリーム・ワールドで陽子と一緒に観覧車から彼らの姿を見たのが最後だった。

「その後、先生もご存知の徳永さんのフィアンセが殺されましたよね。山川とかいう弁護士さんです。セルネックス社でも二人が亡くなっている。私たちは計画が頓挫しないよう、メーカーを変えましたが、不気味でした。それに老松さんのお嬢さんが爆発に巻き込まれて亡くなった。本城先生、ブラボー計画は地球環境を守るための素晴らしいシステムのはずですが、なぜ次々とこんなに血生臭い事件が起きるんですか！」

「山本さん、落ち着いてください。山本さんの贈収賄とは、どういうことですか」

「見事にでっちあげられました。私が身を引かなければ、お前は拘置所行きだなと言われました。あるメーカーから私が一千万円の金を受け取り、部品の納入会社を変更したというんです。利益供与を受けた見返りにシリウスの部品納入に便宜をはかったという状況をでっちあげ、今は東京地検特捜部が私と納入会社の担当常務を贈収賄容疑で立件する準備を進めています。私は証拠を見せられて目を疑いました。料亭での食事の写真も、一緒にゴルフをしている写真も、私に似せた字で書かれたメモも、見事に作り上げられています。誰もが信じるでしょう。まるでドラマの世界です」

　証拠の捏造。健二はニーナがディックから受けた仕打ちを思い出した。

「ただ、私がこの計画からすんなりはずれて、今後一切、今までに知り得たことを口外しないと約束するなら、贈収賄事件は闇に葬るというんです。先生、残念ですが私はこの件から身を引かざるを得ません。大切な家族がおりますので……。先生、いろいろとお世話になりました。ありがとうございました。これから先生との電話はどこで誰が聞いているか分かりませんので、通り一遍の事務的な口調となりますが、どうか悪しからず。あっ、老松常務ですが、今は病院です。お嬢さんを亡くされた悲しみで少し精神に異常をきたされてしまいました。それじゃこれで。どうかお元気で」

ブラボー計画に初めから関わっていた山本を、そのような手を使ってまでして外すとは、政府部内でブラボー計画に関する何か大きな変化が起きているに違いない。利権がらみのことだろう。黙ってこの計画から出て行けと脅されただけで、命を落とさなくて済んだのは不幸中の幸いである。黒幕たちは山本をまだ使えると判断したのだろう。そうでなければ、この計画についてさまざまなことを知っている彼は、交通事故か何かで命を落としていたはずである。

健二は自分のまわりの暗雲がさらに濃くなっていくように感じた。

20

北海道に雪が降った。

雪は根雪になり、道路は凍り、人々の動きもまた凍りついたように鈍くなった。

日本全体が寒さで縮んでいる中で、シリウスの生産だけが蒸気機関車のように熱い息を吐きながらフル生産のレールの上を突っ走っていた。

情報社会の発展具合を調べる上で、一つの参考指標として携帯電話の普及率があるが、それは驚くべき速さで全世界に拡大していた。

今から五年前、世界の携帯電話の販売台数は年間で十一億台であった。当時は中国やインド、アフリカなどの新興国を中心に低価格機の需要が伸びていた。日本をはじめ世界の大手メーカーは、なおも成長が見込める新興国での需要を掘り起こそうと、開発・生産の拠点を世界各地に広げていった。その結果、当時は普及率が十五パーセントに留まっていたインドなどの新興国を中心に、メーカーは膨大な金額をかけて宣伝広告を行い、その後に出た低価格かつ高機能の新機種をぞくぞくと投入して著しい成果をあげた。

現在では二十二億台に及ぶ携帯電話が使用され、世界で三人に一人が所有していることになる。この数から推して、シリウスの普及台数は全世界で三十億台、五年前に携帯電話の普及率が九割近かった日本では一億一千万台の普及が見込まれていた。

生産は日本の大手メーカー三社と、米国二社、それにフィンランド、英国、韓国がそれぞれ一社の合計八社が担当し、全世界へのシリウスの供給を担っていた。

来年の三月初旬には、日本とアメリカが各自治体への納入を終え、四月一日から仮運用が開始される。万が一のことを考えて、仮という名前をつけてはいるが、内容的には本格運用となんら変わるものではない。

日本の場合、総務省が実施主体となり、各自治体を通してシリウスが国民に配布される。シリウスは原則として国民に購入してもらい、のちに環境測定給付という名目で購入金額の八十パーセントがシリウスを装着している国民に還付されることになっている。

装着することで電気エネルギーをも生み出し、それを家電製品に供給するシリウスは、地球環境と全世界の人々の暮らしを守る守護神のような存在である。携帯電話としての機能は言うに及ばず、生体情報の継続監視を通して人々の健康を支える機能を搭載し、温暖化の促進状況や大気汚染を常に監視し、さらにピンポイントで天候、花粉、紫外線、放射線状況などのデータもセンターに送信し続ける。

政府が国民に対して金銭面でのバックアップを行ったとしても、将来このシステムがもたらす恩恵は計り知れないほど大きい。各メーカーとも全力をあげてシリウスの生産に取り掛かっていた。


年が明け、暦は二月を迎えた。

不都合を取り除くデバッグという作業も念入りに行なって、四月からの仮運用に向けての準備は着実に進んでいた。

世界各国に設けられた情報センターも、秋までには全てが稼動する予定である。関係者はこのブラボー計画の前途に大いなる自信を持っていた。

中旬になって、プログラムの最終納入を終えた本城健二は、総務省の林田明憲事務次官から東京で会いたいとの連絡を受けた。

総務省事務次官の部屋を訪れた健二に、林田は日本茶を勧めながら話し始めた。

「このたびはいろいろとご苦労様でした。おかげさまで準備はほとんど完了しました。国内では予定通り三月五日から各自治体にシリウスの納入が始まります。アメリカでも、ほぼ同じ時期に各州に納入されると思います。日本のメーカーも間に合わせるのに大変でしたが、これで決算も大幅増収となるでしょう。本城先生には大変お世話になりました。ありがとうございました」

「そうですか。それはよかったです」

林田は東京大学法学部卒の五十七歳。

卒業の年に司法試験に合格し、検事として任官していた時期もある。物言いは穏やかだが、権力を好む人間のように健二には思えた。

林田は健二に煙草を勧めたが、健二が吸わないと言うと、林田は遠慮せずに大きなクリスタルの灰皿を音をたてて手前に引き寄せ、煙草に火をつけた。

「さて、お礼はここまでにして」

長い吐息とともにゆっくりと煙を吐き出してから、林田が言った。

「先生、大変なことをしてくださいましたね。どういうおつもりですか？」

口振りが違っている。

健二は林田が何を言おうとしているのか、全く見当がつかなかった。

林田は立ち上がって自分の机の上の封筒を手に取ると、それを健二の前に差し出した。

「中をご覧ください」

健二は、封筒の中身を取り出した瞬間、息を呑んだ。

シリウスⅡの設計図である。

「先生は、我が国を裏切るおつもりですか」

林田の声の調子がガラリと変わったが、健二にはほとんど聞こえていない。

なぜ、ここにシリウスⅡの設計図があるのか——。

林田は、大吾から設計図を奪った犯人とつながりを持っているのだろうか……。

「もういいでしょう」

林田は健二の手から設計図を取り返して封筒にしまった。

一見しただけだが、設計図の中で少し気になった箇所がある。

「設計図をもう一度見せてもらえませんか。それに、私は裏切ってなどいませんよ」

「裏切っていない？　事態がお分かりになっていないようですな。このブラボー計画は、日本の優秀さと地球レベルでの貢献度を全世界にアピールし、我が国が一気に国際社会のリーダーになるためのものです。その日本の国民でもあるあなたが、添田総理が推し進める、国策とも言えるこの計画を妨害してどうするつもりなんですか」

「妨害ですって？　とんでもない！」

「他の国に、稼動前のシリウスの情報を流しておきながら、妨害していないと言えるんですか。これは国家に対する反逆といってもいい！」

健二は林田の興奮が収まるのを待った。

「黙っていては分からん！　本城さん、あんたは何を考えているんだ」

昔歩んできた検事の経験がそうさせるのか、それともこれが本来の林田明憲なのか、呼び方も、先生がいつのまにか、さんに変わり、乱暴な言葉遣いになってきた。

「こんな馬鹿げた行動を取った背景には、おそらくそれなりの事情があったのでしょう。常人のすることではないですからね。しかし、それがなんであろうと、そんなことには興味がない。興味があるのはこのブラボー計画の成功だけです。それには、現段階で開発者であるあなたに世間の非難をあびてもらっては困る。こんなことが世間に知れたらどうなりますか！　ブラボー計画そのものが延期、いや、場合によっては中止に追いやられてしまう。それだけはなんとしても避けなければならない」

健二は、林田を刺激しないように、穏やかな口調でもう一度設計図を見せてくれるよう頼んだ。

「できません。犯罪者に証拠を見せるようなことは、これ以上できません。先ほどお見せしただけでも、私の誠意と思ってもらいたい。本来は絶対にお見せできないものですよ」

ことあろうに、健二は犯罪者になってしまっている。

沈黙が続いた。

「林田さん、あなたの狙いは何ですか?」

互いに相手の言葉を待っているようだったが、健二の言葉でその場の空気が動いた。

「狙いとは失敬な! 自分のことを心配したらどうです。このことが公になれば、あなたはもう科学者として生きていくことはできないんですよ。ブラボー計画が中止になれば、確かに政府は何をしているんだと非難を浴びるでしょうが、人の噂も七十五日。世間はさっさと忘れてくれる。添田さんや宮崎さん、今成さんなどの大臣クラスの政治家や政党はダメージを受けるでしょうが、私はボーナスが多少減ることはあっても依然として事務次官でいられる。政治家は官僚がいなければ何もできないんです。私のような優秀な官僚は、絶対に外されることはないんです。私は今のままで十分満たされています。必要以上の危険は冒すつもりはありません。だから、あなたが言う、狙いなどという言葉は大いに不適切。私はあなたのことを思って、このことを申し上げたに過ぎない」

林田の狙いは確かにある。本音が出るのも時間の問題だろう。今は刺激することを避けて、そのときを待つほかないと健二は思った。

「本城さん、あなたは最終プログラムを納めましたね。このブラボー計画におけるあなたの役目は終わりました。どうぞお引き取りください」

そうか、自分をこの計画から外すことこそが、林田の狙いだ。健二はそう確信した。しかし、自分を外して本当にこの計画のオペレーションを実行することができると思っているのだろうか。

「私がいなくて、本当にブラボー計画をやれると思っているんですか?」

「あなたにお引き合わせしたい人物がいます」

林田が電話をすると、ほどなく総務課長が姿を現した。後ろに二人の男が立っている。

健二は思わず息を呑んだ。

グレッグ・イノクティとセルネックス社の副社長ビル・ハーマンである。

「あなたの友人のイノクティさんとハーマンさんです。よくご存知ですよね」

健二は信頼しきっていた二人を前にして何も言葉が出なかった。

強いショックを受け、身体から力が抜けていくようだ。

グレッグもビルも健二の顔を見ようとはしない。

「本城先生、今後はこの二人がプログラミングやオペレーションの指揮をとることになります。

グレッグ、ビル、もう行っていいから。あとでまた話そう」

ドアが閉まった。

「本城先生、明日私が用意する書類にサインをしていただきます。あ、いや、ご安心ください。ブラボー計画の運用開始後は、当初の契約どおり先生にロイヤリティーはお支払い致します。ただし、運用後はこのシステムについて一切関与されては困ります。それらを明記した書面を作っておきますので明日サインをしてください。それで我々も今回の設計図流出の件は忘れます。一切なかったことにしますので。ただし、この取引は記録に残しませんよ。紳士協定ということで。いいですね」

健二は自分の表情がこわばっているのを感じた。

この部屋に来てから見せられた事実は、健二の怒りを情けなさに変えてしまっていた。

翌日、健二は林田の部屋で用意された書類を見た。昨日彼が言った事以外に、次の文言が付け加えられていた。

『本城健二が、コンピュータ・ネットワークを通じ、外部から本プログラムへアクセスすることは容認するが、本プログラムに対する書き換え行為は一切これを禁ずる。ただし、林田明憲の要請がある場合はこの限りではない』

お前の用は済んだ。ただし、グレッグやビルが処理できない問題に遭遇したときには協力せよという、身勝手な内容である。

健二は黙って書類にサインをすると、早々に霞ヶ関を後にした。

21

健二は、ブラボー計画の行く末を案じていた。

グレッグとビルがいるから当面の運用に関しては問題ないだろう。しかし、それは全てが正常に動いていての話である。

もし万が一、外部からの進入を許してしまえば、もはや彼らの手に負えるはずがない。そのときに対処できるのは自分しかいないはずだが、彼らはそういうケースまで考えたうえで自分をはずしたのだろうか。それをするには自分のプログラムを書き換える必要があるのだが、必死で考え自信を持って組み上げたセキュリティーに関する部分が、そう簡単に彼らによって変更されるとは到底考えにくい。

健二はそこまで考えると、もはや自分が考えることではないとでもいうように強く頭を振った。

しかし、また別の考えが頭をよぎる。

シリウスⅡの設計図は、今は誰の手にあるのだろうか。林田が見せた設計図は自分のものと少し違うような気がする。——ということは、既にシリウスⅡの設計図は闇のルートで流れ、コピー商品のような低級な扱いになってしまったのか。

出口の見えない闇の中に突然放り込まれたようで、健二はなぜか叫びたい衝動に駆られた。

明日アメリカに帰ろう、そう思ったとき、電話が鳴った。

「もしもし、徳永です」

「あ、元気ですか？　順調にいっていますか？」

「はい、おかげさまで。今は会議で東京に来ています。来月の三日からまたそちらに行きますので、どうぞよろしくお願いいたします」

「実は、僕も今、東京に来ているんです」

「えっ、会議か何かですか？」

「そうでもないんですが……」

「いつアメリカにお帰りですか？」

「明日にでも帰ろうかと思っています」

健二は陽子に会いたかったが、会う理由がみつからなかった。ましてや、お払い箱になりましたなんて、言えるはずもない。

「そうですか。それじゃお会いできるのはアメリカでですね」

「そうですね。それじゃ、その時に」

電話は切れた。

健二は携帯電話をベッドの上に放り投げた。手元にある週刊誌をぱらぱらとめくり始めたが、再び電話を手に取ってキーを押した。


「お待たせしました」

銀座三越の前で立っている健二に、陽子が後ろから声をかけた。

「電話を頂くのがもう少し遅かったら、みんなとイタリア料理を食べに行くところでした」

「ごめんね、急に」

言葉では謝っていたが、健二は嬉しかった。

待ち合わせ場所も、もう少し気の利いた所にすればよかったが、この場所以外には思い当たらなかった。

金がない頃、妻とのデートの待ち合わせ場所はいつもここだった。何も買えるはずがないのに、銀座だった。

「何か食べたいものは？」

「なんでも頂きます。どうぞ先生のお好きなもので」

「じゃ、しゃぶしゃぶを食べに行こう。おいしい店を知っているんです」

行った先の店は混んでいたが、運良くカウンターではなくテーブルに案内された。

「こういう賑やかな場所で食事をされることもあるんですね。私、先生はいつもフランス料理とか、お座敷での日本料理とか、そういう静かな所で食べていらっしゃると思っていました」

「ラーメンも食べますよ」

「私も好きです。でも、先生がラーメンやジンギスカンを食べている姿は、なかなか想像がつきません」

どちらかというと褒められているのだろう。健二はそう思うことにした。

食べ始めてしばらくして陽子が言った。

「そういえば先生ご存知ですか？　去年サンフランシスコ空港の爆破事件でお嬢さんを亡くされた老松常務のこと」

「ワイ・ディー電子の老松さんのことですね。彼がどうかしたんですか？」

「あのことで強いショックを受け、病院に入られていたのはご存知ですよね」

健二は頷いた。

「最近やっと退院されたんですが、会社をお辞めになるそうです」

「えっ、老松さんも……。みんないなくなるんだなぁ」

「は？」

「いや、なんでもない」

健二の頭に小説のタイトルが浮かんだ。――そして、誰もいなくなった――。笑い事ではないが、自分でもおかしかった。

「老松常務ってすごく真面目な方らしいんです。少しでも間違ったことや、良心に恥じるようなことは絶対に許さない人だそうです。融通がきかない堅物だという評判も社内にはあったようですが、その老松常務がいたからこそ、ワイ・ディー電子が世界に名を知られる会社にまでなったそうです」

健二は老松の顔を思い浮かべた。

「ところが、変な噂があるんです。誰かが老松常務の良心に反するようなことを無理強いして、それを断ったために、お嬢さんを殺されたというんです」

健二は今日の出来事を思い出した。

目的のためには手段を選ばない連中がブラボー計画の中に入り込んでいるのは事実だ。殺されたとしても、それは有り得ないことではない。

「老松さんも、何かの理由でお嬢さんを――」

「そんな！」

そうは言うものの、不安が頭をもたげてくる。

健二は気分を変えたかった。

外に出ると、空気が少し冷たかった。

「明日アメリカにお帰りですね。くれぐれもお体を大切になさってください」

健二は陽子の優しい気遣いに、後ろ髪を引かれる思いだった。しかし、そんな思いを気取られぬように、健二は勢いよく手を上げてタクシーを止め、運転手に陽子の宿泊先のホテルを告げた。

健二は歩いてホテルに戻った。バスタブに湯を張り、肩までゆったりとつかりながら、ワイ・ディー電子の老松由紀夫のことを考えた。

グレッグと一緒に公園で見た空港ターミナルビルの爆発は、果たして老松常務の娘をターゲットにしたものなのか、それとも別の目的で実行された爆弾テロだったのか。

まさか！

そう思った瞬間、心臓がドキンと音をたてた。

動悸が激しくなってきた。

気分が悪くなり、健二は慌ててバスルームから出た。

水を飲み、バスローブを着てベッドに腰をおろした。

――陽子が言っていた噂は、どこから出たんだろう。老松さんが、良心に反することを強要されたというが、噂の主はどこまでその内容まで把握しているのだろうか。

出すべきではなかった。シリウスを世に出すべきではなかった――。

老松のいるワイ・ディー電子は、セルネックス社が納入することになっていた部品と同じ部品を作っており、その部品は既に生産中のシリウスに使われていた。そのワイ・ディー電子の老松について、密かに半透膜のような性質を持つ金属素材の研究を続けていたという噂があることを、健二はつい先日知った。

シリウスは、身体の中を流れる電気のうち余分になった電気と、着ている服の摩擦によって生じた静電気を内部に蓄えていく。その電気エネルギーを、日常使われている電気製品に送りこむのだが、電気エネルギーの取り込みは、皮膚に接触しているシリウスの裏面から内部に向かって一定方向に行われ、逆にシリウスから人体に向かって電気が流れることは絶対にない。しかし、もしシリウスが、電気を双方向に流すことのできる、いわば可逆性を可能とする素材で作られているとしたら――。

健二は戦慄を覚えた。

翌朝、健二はワイ・ディー電子に電話を入れた。

出張で会社にいないのではないかと心配したが、運良く老松と電話がつながった。

突然ではありますが、なんとかお会いしたい、と伝えると、老松はそれを断った。

既にシリウスは出来上がっているし、もはや何もお話しすることはない、体調が思わしくないのだが、今朝は役員会があるというので午前中だけ出社したに過ぎない、それに、ブラボー計画が仮運用を迎える頃には、自分はもうこの会社にはいないだろう、来月末をもって一身上の都合で退職する、と彼は一気に話した。

「では、一つだけ」と言って、健二はシリウスの外装に、老松が研究してきた特殊金属素材が用いられているかどうかを尋ねた。

老松は笑い出した。

「そんな物が出来上がっていたら、私は今ごろ億万長者ですよ」

そう言って老松は電話を切った。

(杞憂《きゆう》にすぎなかったか……)

健二は安心して、これまでの中で最も短かった日本滞在を終えた。

22

三月になり、永田町に近い料亭でフキノトウの天ぷらが出されていた。

「おう、初ものだな。うん、うまい。ちょっと苦味があるが、これがまたいい」

総理大臣の添田一郎が言うと、

「その苦味には消化を助ける作用があるそうです。これまで我々はブラボー計画で大いに胃を痛めてきましたから、恰好の料理と言えますな」

隣に座る今成防衛大臣が言った。

「先生方のご苦労もさることながら、この田岡社長の存在なくしてはさすがのブラボー計画もこう順調には進まなかったでしょう。社長のところで、たまたまセルネックス社と同じ部品を作っていたということが、我々の窮地を救ってくれました」

総務省の林田明憲事務次官が、隣のワイ・ディー電子株式会社の田岡琢己社長を見ながら言った。

「恐れ入ります」

林田の横で田岡と呼ばれた男は軽く頭をさげた。

シリウスは既に予定通り全国の自治体への納入が完了していた。それを祝って一席設けるようにと、林田は田岡に言ってきたのである。

田岡の気持ちは、同席する他の三人とは違っていた。

長い間、田岡と一緒に仕事をしてきた戦友ともいうべき老松由紀夫常務が、定年を待たずしてもまもなく会社を去っていく。田岡は自分一人が闇の世界に置き去りにされていくような気がして、今日の宴席を心から喜べずにいた。

「今成さん、これで我が国も軍事的にさらに優位に立つことができますな」

添田が言った。

「いや、ごもっとも。それよりも添田さん、これであなたも首脳会議で列国首脳の真ん中に並んで写真を撮らせることができますな」

「それにしても、気象条件をはじめ地球環境の詳細な情報がそんなに大きな軍事的意味を持つものなんですか？」

林田が今成の目を覗き込んだ。

「たとえば神経ガスを流す場合を考えてみたまえ。何が重要か。それは風向きだよ、それくらいは分かるだろう。無論、それだけじゃないがね。ま、それはそれとして、あくまでも、かけがえのない地球環境の保護、これが世間に公表している大看板だから、滅多なことは言わないようにしましょうや、ねぇ、添田さん」

今成が言うと、添田もその通りと言わんばかりに大げさに首を縦におろした。

酒を酌み交わしているこの四人の中で、双方向に電気が流れる老松常務の特殊素材がシリウスに使用されたことを知っているのは、田岡ただ一人だった。

23

モンテ・スプリングスは朝を迎えていた。

ディック・ラーキンはプールから上がると、昨日のパーティーの後、一夜をともにした若い女からバスタオルを受け取った。

プールサイドの椅子に座って朝刊を広げると、「舞い降りたシリウス」という見出しで日本のブラボー計画のことが載っている。

日本の各自治体にシリウスが納入され、三月十五日から国民への供給が始まり、運用開始は四月一日と書いてある。添田一郎の写真があり、地球を守る世界のリーダーとしての添え書きもあった。本城健二に対するコメントもあったが、記事としての扱いは小さなものだった。

ディックは携帯電話のキーを押した。

相手は日本の総務省の林田明憲事務次官である。

「ディックです。今新聞を読んでいますが、すごいですね。こちらも来週から各州への納入が始まるようです。シリウスの数が足りなくて州の間で取り合いが始まっています。金をもらって納入の便宜を図っていた政府関係者が昨日捕まりました」

「そうですか。アメリカも順調に進んでいるんですね。ところでディック、本城博士から何か連絡はありましたか？」

「いいえ、ケンジからは特に何もありません。彼が私に連絡してくる理由もないでしょう。何しろ、私とハヤシダさんの関係を健二が知るはずがない。ハヤシダさん、少し彼を脅かし過ぎたんじゃないんですか。あなたも人の子、良心が痛んでケンジのことを気にかけるようにでもなりましたか?」

「いや、あれくらい大したことではありません。ただ、噂話をもとに現行のシリウスに手を加えただけの設計図。いつバレやしないかとヒヤヒヤしていました。この林田明憲、一世一代の大芝居でしたよ」

「それにしても、うまくいきましたね。これでケンジを追っ払うことができた。あとは我々二人がボスとして君臨していくだけです」

「もう一人いるさ、添田という爺さんがね」

ディックはそばにいる若い女の腰に手を回した。

「ハヤシダさん、そのお爺さんに伝えておいてください。たまには息抜きをしないと、どんどん老けこみますよとね」

24

二〇一一年四月一日、日本で待ちに待ったシステムの仮運用が始まり、五千万台のシリウスが一斉に大量の情報をセンターに送り始めた。

その壮観さに、東京の中央情報センターいた添田一郎は、感激のあまり目にうっすらと涙を浮かべた。

林田次官は満足そうに大臣たちの相手をし、外国の記者に対してはセルネックス社のビル・ハーマンとグレッグ・イノクティが対応していた。

世界各国のメディアは、トップニュースでこのシステムの運用開始を伝えた。

日本に次いでアメリカでもシステムの運用が開始された。

生産が間に合わず、日本より五百万台少ない四千五百万台のシリウスが一斉に情報の収集と送信を開始した。

システムはその後も故障することなく、順調に動いていた。

人々はこれまでに見たこともないような詳細な気象情報がテレビから流れてくることに感動し、工場は毎日送られてくる近隣の大気成分の分析に神経をとがらせ、心臓に疾患を持つ人々はシリウスとニトログリセリンをワンセットで持つようになった。

六月に入ると、日本の家電業界はシリウスから電気供給を受けられる新しい電気製品を次々と市場に投入し、それらは夏のボーナス商戦の目玉となっていった。

七月にはロンドン、八月にはローマの情報センターが完成し、シリウスから集められた情報を関係各機関に配信し始めた。

九月になると、遅れていたモスクワの情報センターも完成し、東京、サンフランシスコ、シカゴ、ニューヨーク、ロンドン、ローマ、モスクワと、七つの情報センターが予定通り稼動した。そして、各センターからの情報は最終的に東京で一つに統合されていた。

25

大吾が亡くなって一年が過ぎ、北海道の山々は雪化粧の準備に入った。

街にクリスマスの音楽が流れるようになると、日本国民に歴史上初めて国からのボーナスが支給された。シリウスを装着している人々に支払われる環境測定給付金である。

添田内閣は史上最高の支持率を誇っていた。

十二月十八日、陽子がシカゴの出張の帰りだといって突然ソーサリートの家にやってきた。その晩はニーナを呼んで三人でワインを飲みながら夜遅くまで話をした。

普段あまり酒を飲まない健二は、陽子が来た嬉しさでつい飲みすぎ、酔いが回り、先に寝てしまった。

ニーナが健二のグラスやオードブルの皿を片付けてキッチンから戻ってくると、陽子もかなり酔っていた。

「なぜだか分からないの。どうしても気持ちが抑えられない——」

唐突な陽子の言葉にニーナは戸惑いの目を返した。

「私、どんどん健二さんに魅かれていくの」

陽子はワイングラスを見つめながら言った。

「ニーナ、私のことで何かが見えていたら、お願いだから教えて。私、自分のことが分からないの。大ちゃんが亡くなってまだ一年ちょっとよ。それなのに、私健二さんを好きになっているの。いけないことよね」

陽子はワインをぐっと飲んだ。

「私、いけない女なんだわ。東京で初めて健二さんに会ったときは、結婚式に誰を呼ぶかという話をしていた時だった。それなのに、社長から健二さんを紹介されたとき、私、ドキッとしたの。素敵な人だわって思ってしまったの。結婚を本当に楽しみにしていたのに」

ニーナは黙って聞いている。

「私、自分が許せない。健二さんと一緒にいると、とっても守られていると感じて、安心するの。でも、私が健二さんのそばにいて本当にいいのだろうかと、そんなふうにも思ってしまう。私はなんてことをしているのかしら。大ちゃん、きっと怒るわ……」

陽子は残っていたワインを一気に飲み干すと、音を立ててグラスを置いた。

「お願い、ニーナ教えて。前に言っていたわよね。私と健二さんは深い縁で結ばれているって。それは何、どういうこと？　健二さんを好きになってしまったのは、そのせいなの？」

陽子は切なさのあまり、今にも泣き出しそうである。

「陽子さん、あなたが健二さんを好きになったのは運命です。それはいずれ必ず分かる時がきます。いつ、どのような状況でかは、私にも分かりません。健二さんもあなたのことが大好きです。健二さんはとてもあなたに気を遣っています。あなたを大切にしています。私は、あなたたちがとても羨ましい。見えない力が、お二人をしっかりと守っています」

それを聞いて安心したのか、陽子の目に安堵の色が見えた。

翌朝、健二とニーナは、日本に帰る陽子をサンフランシスコ空港まで送っていった。

シリウスそのものに特別な不具合は出ていなかった。しかし、健二の胸から心配が消え去ることはない。

近いうちに必ず科学技術は新しい金属素材の誕生を可能にするだろう。それがシリウスに使用されようものなら、人の命にかかわる。絶対にシステムの侵入を許してはならない。それに健二はシリウスⅡの設計図のことも気がかりだった。

その晩、真夜中近くになって、健二の携帯電話が鳴った。

陽子が成田に着いた頃だなと思って電話を取ると、見慣れない番号が出ていた。

「もしもし……」

警戒しながら電話に出た。

「老松です。ワイ・ディー電子の老松です」

健二は驚いた。

「老松常務さん？　これはこれは。ご無沙汰しております。その節は大変お世話になりました」

「そちらが夜遅い時間だということは分かっています。申し訳ありませんが、今よろしいでしょうか」

「かまいません」

「先生、実は私の素材が使われているんです。世の中の全てのシリウスに使われています」

「えっ！　では、あの素材は出来上がっていたんですか？」

「本当のことを言う事ができませんでした。私は怖かったんです。娘だけでなく、妻まで殺すと言われれば、どうして本当のことが言えましょうか」

老松は、脅迫されていたのだ。

「私は娘を殺されました。サンフランシスコの空港ビルが爆破された事件ですが、あれはテロなんかじゃありません。私の娘を殺すためにやったことです。娘は吹き飛んでしまいました。私が素材の提供を断ったからです」

つとめて冷静に話す老松の言葉に、胸が痛む。

「実は、家内も死にました」

「えっ！　いつですか？」

「心労がたたったのでしょう、心臓マヒでした。夜中に、お父さん、苦しい！　と言って。それが家内の最後の言葉でした。今日、四十九日の法要を終えたところです」

「なんと申し上げてよいか……」

「不思議なことに、今朝方、家内が夢に出てきたんです。笑っていました。やっと出てきてくれました」

老松は涙声になっている。

「お父さん、嘘はだめよ。心はいつも軽くしておいてね。——そう言うんです。まるで生きているようでした」

老松の切なさが伝わってくる。

「もう私には、取り上げられて困るものは何もありません。彼らが私を殺すというならそれもいい。家内や娘に会えるんだったら、喜んで殺されたい」

健二は、胸の詰まりを振り払うようにして聞いた。

「老松さん、シリウスから人体に向けて一気に放電することは可能ですか？　電気を逆に流すことができるようになっているんでしょうか」

「できないことになっていました。でも、今は違います。蓄えた電気を電化製品に転送する部分は、先生の設計どおり皮膚には接触していませんが、接触する部分に使われている私の素材には可逆性があります。一気に人体に向けての放電は可能です」

「そんな——。それで、逆方向に流すための条件は？」

「わずかなパルスを与えるだけです。その瞬間に素材の性質が変わり、双方向に電気が流れるようになります。たまっていた電気を一気に放出し、人を感電死させることも可能です」

「大変だ！　詳しいことを教えてください」

「電話ではちょっと……」

「もちろん、そちらに伺います。明日発とう思いますが？」

老松由紀夫の自宅で話を聞く約束を取り付けて、健二は電話を切った。

翌日、健二は正午発の日本航空○○一便で日本へ向かった。

ファーストクラスの乗客は健二を含めて四人しかいなかった。

どのくらい時間が経っただろうか、後ろから声が聞こえた。

「お客様、そちらはファーストクラスのお席です。お客様、お席はどちらですか」

「いいんです。本城健二先生の連れのものですから……」

健二が振り向くと、女が立っていて、キャビン・アテンダントは引き返して行った。

「お騒がせしてすみません。先生にお伝えしたいことがあります」

「なんでしょうか」

健二は、隣のシートに座ったその女を不審そうな眼で見ると、警戒心を解かないままで尋ねた。

「亡くなった奥様のことです。佑子さんは、自殺ではありません」

「なんだって！」

思わず声が大きくなってしまった。

「あなたは誰ですか。どうして佑子のことを知っているんですか」

「日本に着いてからお話しします。老松さんもお呼びしていますから――」

それだけ言うと、女はファーストクラスのキャビンから出て行った。

26

日本にいるグレッグ・イノクティは驚いた。

東京都心の地下にこれほど大きな施設が構築されていたとは！

隣を一緒に歩いているビル・ハーマンはこの情報センターには何度も来ているようで、特別驚いている様子はない。

エレベーターを降りて長い通路を歩き始めたグレッグは、天井を見上げた。先ほど案内された上の階はその大部分が地下農場になっていて、人工の明かりで農作物が作られていた。

通路の両脇はスクリーンに映し出された日本庭園である。何も知らずにこの階に降りた者は、ここが地下であるにもかかわらず、全員が地上一階だと思ってしまうだろう。それほどまでに素晴らしい演出が施されていたが、それは、数年前から飛躍的に進んだ液晶技術の賜物であった。

二人は情報センターの中央指揮所ともいうべき部屋に入った。米国のケネディ宇宙センターを思わせるような造りである。

二人が役員会議室に入ると、これまでの運用経過を報告する会議が始まった。

防衛大臣と環境大臣も出席していた。

一時間ほどで休憩時間になった。

グレッグとビルは連れ立って外にでた。

「このごろモスクワやヨーロッパで、さかんに量子通信の実験が繰り返されているんだってね」

グレッグが話しかけた。

「うん。さっき、ディックともその話をした。量子通信の話から超能力の話になってね。スーザンはどうしているかと彼に聞いたみたんだ」

「研究で忙しくしているんだろ？」

「どうもスーザンと別れたらしい」

「えっ？」

「今はどこにいるかも分からないそうだ」

「金はあっても、自己中心的なわがまま貴族にはついていけなかったか……」

そんなことを話しているうちに休憩時間も終わり、会議の後半が始まった。

会議が終わると、グレッグとビルはディックに呼ばれた。

「全体のシステムや基本プログラムに問題はないだろうね。せっかくここまでうまくきているんだ。問題が発生してしまってからでは遅い。しっかりシステムのチェックを続けてくれ。ぼくはきみたちの言葉を信用している。任せてくださいという言葉をね。たとえどんなに困ったとしても、ケンジの力を借りるようなことはもう絶対にしたくない！　今度こそ、ケンジにぼくの力を見せてやる。どっちが頭がいいか、思い知らせてやる。ケンジが絶対にできないこと、それは世界を支配することだ。このディック・ラーキンだけができることだ！」

熱くなってしゃべり続けている自分に気付いたのか、ディックは急に表情を緩めた。

「と、いうわけで、これからもよろしく頼むよ」

ディックは、二人と握手して会議室を出て行った。

「ケンジに対して劣等感があるんだな」グレッグが言った。

「それもあるが、あいつはナルシストだよ。自分に酔うくせがある。スーザンも別れて良かったかもしれないな」

「ビル、明日にでもメイン・プログラムの部分を確認してくれないか。大丈夫だとは思うけど、お前はずっとさぼっていたからな。そろそろやらないと怒られるぞ。やることをやってから早苗さんとのハッピータイムを過ごせよ」

「なんだ、知っているのか。ポールが言ったんだな」

怒ったような顔をしたものの、ビルは満更でもないという顔をしている。

「オーケイ。明日からやるよ。手伝ってくれ」

27

健二の乗った飛行機が成田空港に着いた。

ボーディング・ブリッジの中ほどで、健二は女があとから降りてくるのを待った。健二が佑子のことに次いで、なぜ老松のことを知っているのか聞くと、女はホテルへ着いてから話すと言って先に歩き始めた。健二はついていかざるを得なかった。

二人はリムジンバスで東京都心へと向かった。女はバスの中で安田恭子と名乗った。

バスは千代田区内に入り、ホテルの前に止まった。

パレス・ド・パレスホテル。宮殿の中の宮殿という意味である。名前のごとくロビーの広い素晴らしいホテルだが、健二は未だ泊まったことがない。

健二と恭子が一緒にホテルの玄関を入ると、フロントにいたチーフらしき男が恭子の姿を見つけ、小さなボードを持って足早にやってきた。ベルボーイも後を追ってきた。

恭子は、男が差し出す透明のボードに人差し指と中指をあてた。ホテルのチェックインは指紋認証になっているらしい。

「安田様、いつもありがとうございます。お部屋は二十三階にご用意させていただきました。今回のご滞在は——」

「あっ、もういいですから。ありがとうございます」

恭子は男の言葉を遮った。

荷物を持って部屋まで案内してきたベルボーイは、室内の換気やコップなどの備品をチェックし終えると、一礼して出ていった。

「お疲れ様でした。私はこちらの部屋を使いますから、先生はあちらの部屋をお使いください」

ホテルが用意した部屋は、コーナーに位置する広いスイートルームだった。

健二は、リビングルームを挟んで女の部屋と反対方向にあるベッドルームに行った。二つのベッドがある広い部屋だ。バスルームも別についている。

恭子はどこかへ電話をしていた。

しばらくして部屋のチャイムが鳴り、恭子が誰かをリビングルームに通している気配がした。

「本城先生、どうぞこちらへ」恭子が呼びにきた。

リビングルームへ行くと、男がソファに座り、女が立って窓の外を見ていた。二人とも日本人だ。

女が振り返った。

「おひさしぶりです」

朝倉幸恵だった——。

オクタゴン・オリエンタル・ホテルで健二にセミ・スイートの鍵を渡した人物である。

「二人は一度会っているんだったな」

座っている男が言った。

四十代くらいだろうか、色白で、一見すると優しそうな雰囲気を持ってはいるが、健二はその男の目つきに容易ならぬものを感じた。

「老松さんは、どこにおられますか」

「ここにいるはずがないでしょう。あなたを連れてくる方便です。奥さんのことだけでも十分でしょうが、万全には万全を期して、というところです。さあ、奥さんの死について真相を話してあげましょう。これからあなたが老松さんに会ってお聞きになろうとしていることよりも、ずっと刺激的ですよ」

男は独特の抑揚でゆっくりと話した。健二が安田恭子に目を向けると、彼女は目をそらせた。

やはり男は、健二が老松に会おうとしていることまで知っていた。

「我々はすべてを把握しているんです。時間があれば、ここ二年の間にブラボー計画の裏側で起きていたことを、順を追ってお話ししてもいいが、あいにくそれだけの時間は、今はありません」

「あなた方は何者ですか？　そこにいる女性、確かホテルを辞めた朝倉幸恵さんですよね。あなたは去年の七月、私にセミ・スイートの鍵を渡して姿を消した。そして数日後、私はその部屋で男たちに狙われた。幸い、事前に気がついて難を逃れたが、みんなあなたが仕組んだことでしょう！」

健二は、強い口調で朝倉幸恵に言った。

幸恵は何かを言おうとしたが、男はそれを遮って話を続けた。

「そんなことはどうでもいいでしょう。とにかく今、あなたは私の目の前に座っている」

「どうでもいい、か。なんとまあ、自分勝手な」

「本城さん、我々は社会を変えようとしているんです。日本をはじめ世界各地で活動しています。あなたがもし不快な思いをされたとしたら、今後は気をつけるようにしましょう」

「もし、ですって！　不快な思いだらけですよ」

健二は男の言葉に憤慨した。

男はニッと笑っただけで、煙草を取り出して火をつけた。

「ところで、佑子の死は自殺ではなかったということですが……」

健二は、少し離れたダイニングテーブルに座っている安田恭子に目をやりながら言った。

「あなた方が、その真相を知っているんですか？」

男が紫色の煙を吐き出し、煙の向こうで薄ら笑った。

「もちろん。私がお教えしなければ、真相は永遠に分からないでしょう。奥さんが死んだのは自分のせいだ、そう思ってあなたは一生苦しみ続けることになりかねない」

まるで恩を売っているような言葉だったが、健二はどうしても知りたかった。

「教えてもらえませんか、どうかお願いします」

ダイニングテーブルに座っていた朝倉が立ち上がった。バッグの中からメモリーカードを取り出すと、部屋にある大型テレビのカード専用スロットに差し込んだ。

佑子の姿が画面に映し出された。

健二は思わず息を呑んだ。

撮影した日付も画面の下に表れている。

「誰が撮影したんですか?」

「日本政府の関係者です」

「他人《ひと》の家に勝手にカメラを取り付けるなんて――。いったい誰が命令したんですか!」

「本城さん、奥さんの死の真相が知りたいんでしょう。黙って最後まで見たらどうですか。質問はそれからでもいいでしょう」

男は静かに健二に言った。

居間にクリスマスの飾りつけがしてある。テーブルでカードを書いている佑子の姿が映し出された。自動追尾の装置がついているのだろうか、カメラは佑子の姿を追い続ける。

佑子は、テラスからの写真を一枚撮ると、裸足で芝生におりた。

何枚か写真を撮り終えて佑子は芝生の上に仰向けになった。愛犬のセーラは芝生の上を走り回っていたが、佑子の隣に来てしばらく足元でじゃれていた。ふと、デジタルカメラのひもに目を向けるとそれをくわえて走って行った。

「あっ、だめだめ。それはだめよ」

佑子は急いでセーラの後を追った。

セーラは遊んでくれると思ったのか、追えば追うほど面白がって駆けまわる。そのたびにカメラが何度も芝生で跳ねた。

「やめて——、壊れるから」

セーラは崖のふちまで走って行った。

「危ない！　そっちはだめ。こっちへ来なさい」

佑子は足をとめて、静かに言った。セーラも走るのをやめて振り返ったが、セーラの後ろにぽっかりと柵の切れ間ができていた。その場所だけ柵がまだできていない。そこは地盤が緩いそうで、補強してから柵を作ると工事の人が言っていた。

「おいで——。こっちにおいで」

セーラはプイッと首を大きく振って再び走り出した。だが、首を振ったはずみでセーラの口からカメラのひもが外れ、カメラは宙を舞って崖下に落ちてしまった。

「ああ！」

佑子は声をあげた。そして、柵が切れている場所に行くと、恐る恐るカメラの落ちた崖下を覗き込んだ。

その瞬間——、崖が崩れた。

佑子は悲鳴とともに、まっさかさまに崖下に転落していった。

セーラは何度も崖と家の間を行き来していた。そして、動くのをやめてじっと崖の方を見つめたと思うと、意を決したように全速力で佑子の消えた空間に飛び込んでいった。


そこで録画は終わっていた。

全員の視線が録画を見終えた健二に注がれたが、健二は大きくうなだれたままだった。

しばらくして、落ち着きを取り戻したように健二は静かに顔をあげた。

「事故だったんですね——。でも、なぜこの映像がここに？」

「全ての部屋にカメラが取り付けられていました。ベッドルームにもです。ベッドルームの映像は私が処分しました。誰にも知られたくないこともありますから」

朝倉幸恵が口をはさんだ。

「きみは真面目だからな」男は、幸恵に目を向けて言った。

「カメラを付けたのは日本政府と言いましたね。それはどこの部署ですか？　誰の命令ですか？」

「誰でもいいでしょう」

「そうはいかない。教えてください」

男は煙草を取り出したが、中身は空になっていた。安田恭子がそれに気付き、すぐに立ち上がって新しい煙草を持ってきた。

男は煙草を吸いながらしばらく考えていたが、やがて口を開いた。

「林田明憲という人物を知っていますか？　彼の指示でカメラが取り付けられました」

健二は頭を整理しなければならなかった。

アルメニアのグループが存在することは知っていた。今、現実に自分が目の前にしているグループである。また、ブラボー計画には、もう一つの黒い思惑を持ったグループが関与していることにも、健二は気付いていた。経済産業省の事務次官であった山本和男の言葉や、総務省の事務次官である林田明憲の言動からして、それは日本国内に存在し、政府に最も近い筋のグループであるように思う。林田がそのグループを率いているのか？　二つのグループに接点はあるのだろうか？

「あなたたちと林田さんとは、どういう関係ですか？　同じ目的を持った仲間ですか？」

幸恵が、男の脇に来て座った。

「私からお話しします。私たちは林田さんとは関係がありません。先生には今後のこともあるのでお話ししておきますが、世界にはシリウスを利用して金儲けをしようとしたグループがいくつかありました。そして今、具体的に先生のシリウスと深い関係にあるのは、私たちと林田さんのグループの二つです。林田さんのグループというよりはディック・ラーキンのグループと言ったほうが正しいですね」

「やはりディックが」

「そうです。先生も良くご存知のお方です。彼らが逐一、先生や奥さんの行動を監視していたんです」

健二は愕然とした。

グレッグ、ビル、そしてディックまでも！

「ラーキン家は財閥です。お金を持っています。ディックは頭は良かったのですが、わがままな性格から一族の鼻つまみ者でした。兄弟はみな優秀で世界の要職についています。ディックはお金を使ってさまざまな研究をしてきましたが、それらはみな一つの目的のためでした。世界をあっと言わせたい、自分の存在を世間に知らしめる。ただそれだけのためです。一族の中には誰一人としてディックを尊敬する者はいません。ディックは寂しかったんだと思います。友人である本城先生にも劣等感を抱いていました。先生のシリウスに関する論文が三年前に出されたとき、ディックはそれを読んで、シリウスが巨大な富をもたらすと見込んだのです。だから、お金をどんどん日本に投入し始めました。政府関係者やシリウスの製造に関わりそうな会社の人間を、お金の力で自分の仲間に引き入れていきました」

朝倉幸恵は一息ついて、さらに続けた。

「おかしなものですね。彼が派手に動いたものですから、ラーキン一族は、今は彼の存在を見直し始めています。シリウス・プロジェクトの責任者は自分だという彼の言葉に、見事に騙されています」

男が割って入った。

「とにかく、ブラボー計画が世界に向けて発表された。去年の七月のことです。私たちもあの会議に出席していました。正確に言うと、ある人物が私たちの代理として潜入していました。彼女が持ち帰った映像を見て、私たちは本当に驚きました。素晴らしいシステムでした。私たちは、先生が日本に到着されたときから先生の近くにいました。政府関係者も成田空港から先生の跡をつけていたようですが、彼らは添田総理の指示で動いていたんですよ。その添田は、あの会議が終わったあとでディック・ラーキンの仲介でラーキン・ファミリーとつながりを持ち、将来にわたる資金援助をとりつけた。そしてブラボー計画の実権をディック・ラーキンに譲ったというわけです。政治はとにかく金がかかりますからね。林田明憲は、いわば日本側のお目付役です」

今度は、幸恵が男に代わって口を開いた。

「先生の身辺警護を担当していた二人が、結果的に、私たちに佑子さんの映像の存在を教えてくれたのです」

「やはり彼らはあなたたちの仲間だったんですね」

幸恵は首を横に振った。

「いいえ、違います。彼らは政府側の人間です。彼らの一人が、先生の家のことや隠しカメラのことを白状しました。そこで私たちはアメリカの仲間と連絡をとり、すぐに先生の自宅から監視装置をはずしたのです。日本政府も、すぐに装置を撤去するよう指示を出したらしいのですが、私たちの方が早かったのです」

「彼らは殺されたと聞いています。あなたたちが殺したんですか！」

答えがない。

「殺したんですね、そうなんですね。人を殺すなんて！　それに、あなたは監視装置を外したと、まるで私のためを思ったような言い方をするが、その映像の中に何か利用できるものがないか、私を利用するための材料はないか、ただそう思って回収したに過ぎない。そうでしょう！　違いますか！」

「まあまあ、そう熱くならないでください」男が言った。

「確かに、二人には死んでもらいました。先生が徳永陽子さんとドリーム・ワールドに行かれた日にです。そのとき、私もそこへ行ったんです」

「――人を簡単に殺すとは」

「あなたには関係ないことだ」

男は煙草に火をつけた。

「先生を警護していた男は、もと警察庁にいた人間です。もう一人は、やつの部下でした」

男は吸いこんだ煙を、長い息とともに吐き出した。

「彼らは死んだ。しかし、政府は組織のことを公にしたくはない。そんな組織の存在は、世間にすれば、テレビや映画の世界だけだと思っている。先生、あれからピタッと先生のまわりからそういう人間は姿を消したでしょ？　実はマスコミが二人の死に疑問を抱いて、二人の周辺を嗅ぎまわり始めたんです。そのために、先生の家に付けた監視装置も急いで取り去らなければならない状況になったんです」

「山川弁護士を殺したのもあなたたちか！」

男は答えない。健二は次々に居合わす者たちに怒りの目を向けたが、誰も視線を合わそうとしなかった。

「二人を殺した上に山川弁護士までも殺した。セルネックス社の二人を、巧みに映像に組み込んだサブリミナル効果で死に追いやったのも、あなたたちだろう。いったい、あなたたちは何者で、これから何をやろうとしているんだ！」

　男は押し黙ったままだ。

　こいつが大吾を殺したやつらのボスに違いない。健二は男をにらみつけた。

「答えないのなら、私は帰ります」

　健二は立ち上がった。

　恭子が、さっとハンドバッグの中に手を入れ、何かを取り出そうとした。

　男が右手で制した。

「お帰りになれると思っているんですか？」

　座ったままで、悠然と男が言った。

「ここに残る理由はありません」

　立ち上がったままで言うと、男もゆっくりと立ち上がった。

「そんなに死に急がずに、もう少し、生きていてくださいよ。山川弁護士のような姿を、私の前に晒《さら》さないでください」

　男は、わざとらしく困ったような顔をした。

「本城先生、我々に協力してもらえませんか」

「何を協力しろというんですか。目的は何ですか」

「世界を変えることです」

「人を殺してまでもですか」

「目的のためには、犠牲者が出ることもやむを得ません」

男の携帯電話が鳴った。

「ちょっと失礼」そう言って、男は部屋を出て行った。

「朝倉さん、私がシリウスを開発した目的はただ一つです。この地球を守ることです。身体の中を流れる電気や、摩擦で起きる静電気を家庭で利用できるようにしたのも、この地球を守るためです。人類は身勝手に地球環境を破壊してきた。地球は怒っている。いずれ大災害が起こり大勢の人が死ぬでしょう。既に手遅れかもしれない。しかし、それでも諦めずに新しいシステムを考え出し、次の世代に希望を託す。これこそが、今の私たちに課せられた使命ではありませんか！ シリウスは、金儲けや罪を犯すために考え出したのではありません」

「あら先生、お金は嫌いですか？ 私は大好きです。お金がすべてです。私たちはお金のために生きているようなものですわ」

「金のために生きるとは——。あなたは情けない生き方をしているんですね」

「そうでしょうか。お金があればなんでもできます。人の命を救うこともできれば、心さえ買うことができるんですよ」

「なんと即物的な——。金では買えないものはたくさんあります」

「ほう、それは何ですか？　本城先生」

電話を終えて戻ってきた男が、健二の前に座って言った。

「畏れる心です。畏敬の念と言ってもいい。私たち人間がどんなに頑張っても足元にも及ばない存在、そういったものの存在を信じ、畏れる心です」

「神ですか……。科学者の先生の言葉とは思えないですな。おい、お前たちも心してありがたい話を聞くんだぞ」

男は女たちの方を向いて、茶化すように言った。

「アルメニアがあなたたちの本拠地ですよね。ちょうどいい。アララト山は旧約聖書の中でノアの箱舟が流れ着いた所とされています。地球はまさしく宇宙空間を飛ぶノアの箱舟です。そしてこの箱舟の中には人間のほかにもたくさんの生物が乗り込んでいて、宇宙空間をずっと安全に飛び続けてきました。それは、乗り込んでいる者たちが箱舟に手を加えようなどとは決して思わなかったからです。もちろんそれをしようにも技術が備わっていなかったということもあるでしょう。ノアも動物たちも、神を畏れ、箱舟を自分の思い通りにしようなどというあさはかな考えは絶対におこさなかった。箱舟、それは生きていくために神が与えてくれた贈り物だったのです。

ところが、この箱舟に傷ができ始めてきました。それは隕石にぶつかるなどしてできた傷ではなく、箱舟に住む者たちが自らつけてできた傷なのです。傷は恐ろしいスピードで広がり、今や自分たちの乗り物に亀裂を生じさせています」

「宇宙をゆくノアの箱舟……素敵な表現ですね」恭子が言った。

「私たちは、地球に守られて生きているのです。地球の恵みの中で生きている。このことを何よりも感謝しなければなりません」

パチパチパチ――。突然、男が拍手した。

「先生、もう結構です。地球のありがたさは十分に分かりました。でも、いくら感謝しても金は入ってきませんよ。貧しい人はいつまでたっても貧しい。確かに不思議です。地球のことだけじゃなく、我々自身の存在すら不思議だ。心臓の鼓動、目の働き、肝臓の再生機能、どれをとっても不思議なことばかりです。もし創造主がいるとすれば、先生の言われるとおり畏敬の念を抱かずにはいられません。しかし、我々には毎日の生活がある。今を生きることで精一杯だ。地球の将来を憂いたり、神に感謝したり、そんなことができるのは金持ちだけです。金持ちでないにしても、生活にゆとりのある人々だ。多くの人々は生きるために精一杯で、毎日地面を這いつくばって生きている。我々は、金がないために貧しい生活を強いられている人々のために、新しい社会を作ろうとしているんです」

「あなたが言うことにも一理ある。しかし、貧しいということは、言い換えれば、努力の余地がまだあるということではないですか」

「何を言うか、本城さん！　それは強者のたわごとだ！　努力をしようにも、その努力を続けるだけの意志の強さに恵まれない者もいる。努力をして成功した。それは努力を続けることができる強い意志に恵まれた者だからこそできたんだ。人は生まれながらにして不平等だ。その不平等をなくすことができるのは、不平等の辛さを身に沁《し》みながら生きてきた人間だけだ。あなたのように、全てに恵まれてきた人間には、世界を変えることなど、できるわけがない」

男は、そう言って健二を蔑《さげす》むような目つきで見ると、置いてある煙草に視線を落とした。

煙草に火をつけ、男の視線が戻って来た時、健二は反撃に出た。

「世界を変えるというが、人を平気で殺すようなあなたを、万人が受け入れるとでも思っているのですか」

「人々を治めるには恐怖も必要です。金か恐怖か、人はそのどちらかによって動くものです。我々はその両方を手に入れる。そのためにシリウスが必要だったのです」

なんという傲慢《ごうまん》な男だろう。

「私はどうなろうとも、絶対に、あなた方に協力はしません」

健二は覚悟を決めて言った。

「そうですか……」

男は静かに胸のポケットから拳銃を取り出した。

グロック十九。オーストリアの銃器メーカーが製造する軍用拳銃である。

「携帯電話、パスポート、それにお持ちのコンピュータ、全てを預かります」

健二は自由を奪われた。

28

健二の来訪を待っていた老松由紀夫は、十二月二十一日の夜以降、健二の携帯に何度も電話をかけてみたが、電源が切れたままだった。

老松は、アメリカの自宅にも電話をかけてみた。

何度鳴らしても、誰も出ない。

会社に電話しても、急な出張で日本に行きました、と秘書が言うだけである。

老松は、徳永陽子に電話してその旨を伝えると、陽子は驚いて、自分でも心当たりを探すと言った。そして、念のためアメリカにいるニーナの携帯電話の番号も老松に教えた。

老松は無駄かと思いながらも、ニーナに電話を入れてみた。

「老松由紀夫と申します。本城先生と昨日お会いする約束でしたが、お見えになりませんでした。何かご存知かと思って電話させてもらいました」

「失礼ですが、ワイ・ディー電子の老松さんですか？」

「はい、そうです」

「老松さんに会いに行くと言って、健二さんは日本へ行きましたが」

「間違いなく日本に来られているんですね。先生から何か連絡はありませんでしたか？」

「ありません」

「おかしいですね。携帯はずっと電源が切れているんです。先生から連絡があったら、老松に電話するように言ってもらえますか」

ニーナはすぐに健二の携帯電話にかけてみたが、老松の言ったとおり電源が切れていた。陽子に電話すると、陽子にも健二からの連絡は一切ないという。

「健二さんに何かあったのかしら？　老松さんも心配していたわ。私、健二さんの身に何か起きそうで不安でしかたがないの。ニーナ、何か見えない？」

「陽子さんは感じるんですね。私には今はまだ何も……。何か感じたら、連絡します」

ニーナは電話を切ると、健二の家に急ぎ、合い鍵で家の中に入った。書斎で何かを探していたが、机の上に置いてあるモンブランの万年筆を手に取った。それは、妻の佑子が生前、クリスマス・プレゼントとして健二に買ったものだが、結局は直接手渡すことができなかったものである。佑子の亡き後、健二はそれをいつも身につけていたが、今回は老松からの電話で急遽日本に向かったため、置き忘れたらしい。

ニーナはその万年筆を両手で優しく包み、目を閉じた。

頭の中にぼんやりとした風景が浮かんできた。ホテルの一室のようだ。男がいる。二人の女の姿も映っている。そして健二の姿も見えてきた。

ニーナは視点を部屋から外へと移動させてみた。

建物のまわりを飛ぶようにして、どこかにそのホテルの名前がないか探してみた。

突然、真下に落下するような気分を感じた瞬間、脳裏に浮かんだ映像はプッツリと消えた。

ニーナは激しく疲れ、しばらく何も考えることができなかった。

アパートに戻ったニーナは、日本行きの支度を始めた。

部屋に飾ってある祖父の写真と、机の上の小さな石を荷物の中に入れ、航空会社に予約を入れた。

今年最後の会議が東京で開かれていたが、日本に来たはずの本城健二の所在が分からないと聞いて陽子は気になっていた。

「どうしたの？　いつもと様子が違うけど」

昼休みを終えて会議に戻ってきた陽子の上司の桜井まりこが陽子に声をかけた。

「本城先生の行方が分からないんです」

「いつからなの？」

「昨日の夕方からです。何の用かは分かりませんが、突然日本に来られたらしいんです。成田には間違いなく着かれたようですが、それから全く連絡がとれないそうです」

「あなたにも連絡がないの？」

「ええ」

会議が始まった。

林田事務次官がマイクを握った。

「あの、ちょっと」

心配性の桜井まりこが、右手をあげた。

「どうしました？」

「気になることあるんですが」

「どうぞ」

「本城健二先生が行方不明だそうです」

全員の視線が桜井まりこに集中した。

「行方不明だって？」林田が聞いた。

「昨日の夕方、突然日本に来られたそうですが、それから連絡がとれないそうです」

「なんだ、昨日の夕方からか」

今成防衛大臣が老眼鏡をはずしながら言った。

「慌て過ぎだよ、桜井君。何かお忍びの用でもあるんだろう」

「でも、携帯電話もずっと電源が切れたままです」

まりこの言葉に、宮崎経済産業大臣が携帯電話を取り出して、健二の電話番号を押してみた。

「うん、確かに切れているなぁ」

「添田総理に申し上げるべきでしょうか」

林田が誰に言うともなく言った。

「しかし、連絡が取れないのは昨日と今日だけだろう。それほど大きな問題かなぁ。それに添田さんは、今日はシンガポールのはずだ。明日戻られるから、その時にまだ本城先生と連絡が取れないようなら、お伝えしてもいいんじゃないか。私はそれほど大きな問題とは思わんが……」

今成が言った。

林田の隣に座るディック・ラーキンは、健二のことなど端から気にしていない様子である。

明日まで様子を見てみようという結論になった。

林田が、世界各地での大気汚染の観測状況について説明を始めた。

ビルが同時通訳のヘッドホンを外して、隣に座るグレッグと何か話をしている。いつまでたってもやめないので、林田が注意しようと思ったそのとき、

「さきほどの本城博士の件とは特に関係ないとは思うのですが……」

ビルが、遠慮がちに林田の説明を遮った。

「実はその、メインのプログラムが、書き換えられているんです」

「何だって！」

ディック・ラーキンが大声をあげた。

「きちんとチェックを続けていたんじゃないのか！　あれほど言ったのに！」

ディックは、ビルとグレッグを睨み付けた。

「それで、影響は出ているのですか？」環境大臣が尋ねた。

「今のところ、何も変わったことは起きていません。全てが正常に動いています。どこの情報センターからも異常が起きたとの報告は受けていません」

ビルがそう答えると、ディックは手元のボタンを押した。

正面の透明スクリーンに世界地図が現れ、各国の情報センターが表示された。コントロール・ルームにある表示パネルと同じものである。

どの情報センターも緑色に点灯している。全てのシリウスと通信設備が正常に動いている証拠である。

「プログラムが書き換えられていた、ではなくて、書き換えられているという現在形でビルは話しているが、今も直っていないのか？」

林田がグレッグに聞いた。

ビルが代わりに答えた。

「直しても、すぐに元に戻ってしまいます。どこかで監視プログラムが働いているんでしょう。我々が直しても元の状態に戻してしまいます。今も徹夜で作業を続けているんですが、直るのはほんの一瞬です。すぐにまた書き換えられた状態になってしまいます」

「そりゃ大変だ。今はたまたま影響が出ていないのかもしれない。すぐに本城先生に連絡を取るべきでしょう」

山本和男の更迭に伴って経済産業省の事務次官になった斉藤隆が言った。

「だから、連絡が取れないんだよ。しっかり話を聞いてろよ。よくそれで次官になったもんだ」

「なんだと！」

林田と斉藤は同期であり、出世は林田の方が早かった。

少し険悪な雰囲気になった。

「とにかく、プログラムにどのような影響が出るのか検討するとともに、本城先生と連絡が取れるよう手を尽くしましょう。万が一の場合を考えて、添田総理にはこれから私が連絡をします。会議は中止にしたいのですが、いかがでしょうか」

林田の言葉で会議は中止となった。

陽子の会社の社長である石原龍一は、桜井まりこと徳永陽子と共に情報センターを後にした。

「徳永君。きみは知らんのかね、本城先生の居場所……。ディックは大丈夫と言ってはいるが、ビルとグレッグでは心もとない。なんとか本城先生と連絡がつかんだろうか。きみなら個人的なつながりも深いようだし、本当は知っているんじゃないのか？」

石原は車の後部座席から助手席の陽子に言った。

陽子は石原の言い方に不潔さを感じた。

「知りません！」

桜井まりこは驚いて陽子の顔を見た。とても社長に向かって言うべき言葉ではない。陽子は桜井の目を見返した。たしなめようにも陽子の気迫が勝っていた。

「ルーム・サービスです」

朝倉幸恵がドアを開けると、男が料理を部屋の中に運び入れ、ダイニングテーブルの上にその料理をセットして出ていった。

料理は五人分あった。

健二は、誰も座っていない席に置かれている料理が気になっていた。

食事を始めてしばらくすると、ドアのチャイムが鳴り、幸恵が一人の白人女性を招き入れた。

「ケンジさん、こんばんは」

白いドレスを着た女はサングラスを外して健二に挨拶した。

スーザン・ウィルソン！

ディック・ラーキンの研究室にいたブロンドの美女である。

特殊能力の研究を任せているとディックが自慢そうに健二に紹介し、何度か三人で食事をしたことがある。

あっ、あの時の女は——。

突然、健二は去年の夏に起きたゴールデン・ゲート・ブリッジ身投げ事件のことを思い出した。

事件もさることながら、赤いポルシェの脇に立つ白いドレスの女の印象は鮮烈だった。

いとこの日航職員やニーナの忠告を受けて、スーザン・ウィルソンの存在については気にかけていたが、まさかアルメニアのグループとつながりを持っていたとは――。

「何か不都合は?」

男がスーザンに聞いた。

「ありません。すべて順調です」

短いが、自信に満ちた返答である。

「明日、実行する」

男が言うと、三人の女は食事の手を止めて、黙って頷いた。

「何をするつもりですか」健二が男に聞いた。

「日本政府に金を要求します」

男はナプキンで口をぬぐってから、健二を見ることなく言った。

「あなたの身の代金ではありません、どうぞご安心を」

「まさか――」

「そうです。人質は日本人全員です。あなたのシリウスを喜んで腕に付けている人々です。あなたが言う、かけがえのない地球を守ってくれている温かい心の持ち主たちです」

「シリウスを使って脅迫する? そんなことができるわけがない!」

「とぼけてもらっては困ります。あなたは気付いていたはずだ。自分が開発したシリウスの弱点をね。使い方を間違えれば、殺人兵器になるということをです」

「……」

「電気を逆に流してみましょうか。人に向けて一気に放電します」

「素材からして、そんなことは不可能です」

「本城さん、我々はシリウスⅡの設計図も手に入れていたんですよ。それと、ワイ・ディー電子の老松常務からお聞きになっていませんでしたか？」

健二は確信した。

老松由紀夫が言ったようにシリウスの外部素材は間違いなく変更されている。あとは、彼らにシリウスを殺人兵器にするだけのプログラム書き換え能力があるかどうかだ。

「プログラムはどうするつもりですか？」

「書き換え済みです。シリウスⅡの設計図からヒントを得てね」

健二は男の言葉をにわかには信じることができなかった。

自分の組んだプログラムがそう簡単に書き換えられるはずがない。

「プログラムを見せてもらうことはできませんか」

健二は男に聞いてみた。

「まだ、信じていないんですね。いいでしょう。お見せしましょう」

男は朝倉幸恵に言ってノートブック・パソコンを持って来させた。そして、ソファのテーブルの上にそれを置くとキーを打ち始め、入力を終えたところで画面を健二の方に向けた。

「その部分が、あなたが書いた蓄電と放電に関する部分です。そうでしたね、本城先生」

それは健二が書いたプログラムに間違いなく、どの部分にも変更は見られなかった。

「お見せしたのは、正常なプログラムです。それにしてもあなたのプログラムは美しい。最高の美術品のようだ」

そう言いながら男はコンピュータを自分の方に引き寄せ、再びキーを打ち始めた。

「そして、その美術品が、こう変わります」

プログラムは見事に変更されていた。健二は背筋が寒くなった。

人々を確実に死に追いやる殺人兵器が、そこに誕生していたのである。

30

十二月二十三日、成田空港にニーナが着いた。

陽子は、桜井まりこにニーナのことを話し、健二を探すために、今はどんな力でも借りるべきだと進言し、会社の車を回してもらってニーナを空港に迎えにきていた。

石原社長は、なんとしても本城健二を探し出し、早急にプログラムを元に戻すよう、桜井まりこと陽子に命じていた。石原自身の進退問題も絡んでくる。

三人を乗せた車は、波打つ路面に大きくバウンドしながら情報センターの建物の地下駐車場へ入っていった。

三人がコントロール・ルームに入ると、ディック・ラーキンが振り返った。一瞬驚いた表情を見せたが、すぐに平静を装ってニーナのほうへ近づいてきた。

「きみはケンジに一番近い人間だ。一緒に暮らしていたこともあるよな。ケンジは今どこにいるんだ?」

「あら、スーザンは? こういう時にこそ、彼女の力が役に立つんじゃないのかしら」

ニーナはニコッと笑ってみせ、そのままディックを無視して奥の役員室へ入っていった。

ニーナは椅子に座ると目を閉じ、意識を集中し始めた。

部屋には、陽子と桜井まりこの二人以外は誰もいなかった。桜井まりこはシステム手帳をひろげ、ペンを握り締めながら、まばたきもせずにニーナの様子を見ている。

ニーナのまぶたの裏にスクリーンが現れた。

空港のようだ。

健二の後ろ姿が見えた。女の姿もある。健二の斜め前を男が歩き、後ろをブロンドの女が歩いている。スーザンだ。

健二たちは右へ折れた。前方に搭乗ゲートが見えてきた。行き先は札幌。

ニーナはもう少し健二に接近しようと試みたが、そのとき、スーザンが急に振り返った。

スーザンと目が合った。

映像が乱れ始め、その瞬間、何も見えなくなった。

「スーザンに気付かれました。健二さんは札幌に連れて行かれます」

ニーナは目を開けてそう言うと、テーブルに突っ伏した。相当疲れたようである。

31

身柄を拘束されて新千歳空港に着いた本城健二を、屈強な三人の日本人が出迎えた。

健二は両脇を男たちに挟まれ、大型のランドクルーザーの後部座席に乗せられた。

「申し訳ありませんが目隠しをさせてもらいます」

健二の左横に座っていた男が、すかさず健二に目隠しをした。航空会社が提供するアイマスクに似ていたが、がっちりと目に食い込み、ほんのわずかな光も差し込んでこない。目が覆われただけなのに息苦しい感じがする。

ランドクルーザーは、信号で止まることなく、かなりのスピードで走り続け、高速道路を走っているようだ。

やがて車が止まり、健二は目隠しを外された。

雪深い山の中で、目の前に大きなログハウスが建っている。

自分がどこにいるのか、全く見当がつかない。

腕時計を見ると午後九時半になっている。新千歳空港に着いたのが午後四時だから、五時間半も走り続けていたことになる。

建物のそばに巨大なパラボラアンテナがあったが、白い塗装が施され、雪景色と一体になっている。

建物は三階建てで、一階の暖炉には薪が焼べられ、全体が穏やかな温かさに包まれていた。

奥の部屋のドアが開け放たれ、中が見えている。かつて乗り込んだことがある巡洋艦の作戦室を思わせる。東京情報センターの中にあるコントロール・ルームにも似ている。

「中をご覧にいれましょう」

男は健二の先に立った。

部屋の中には航空管制に使う機材もあった。近くで小型機かヘリコプターの離着陸が行われているらしい。

男がコントロールパネルのキーを押すと、壁一面に広がる大型液晶パネルの上に世界地図が現れ、国ごとのシリウスの数が表示された。

別のキーを押すと、表示は都市別の数になり、最終的には、街のブロックごとのシリウス装着人数を表すまでになった。

さらにキーを押すと、パネルはシリウスを身につけている者の個人データに変わった。

ショーン・岡本、五十二歳、東京都文京区本郷寺上三丁目五番二号、装着暦六ヶ月、病歴あり、心筋梗塞、データ送付医療機関　酒井川内科医院――。こんな具合に各人の個人情報が詳しく表示されている。

健二は、このグループが詳細なシリウス追跡システムを保有していることに驚いた。

男は自信に満ちた表情で言った。

「もし、日本政府が、なんらかの方法で人々の腕からシリウスを外すように指示すれば、あなたが今、ご覧になったように、シリウスの装着状況の表示に異常が発生し、そのことがすぐに分かります。一斉に多くの人間が腕からシリウスを外すようなことは普通では起き得ませんからね。そのときは、お返しにクリスマス・プレゼントを日本政府に送ります。たくさんの死のプレゼントをね」

男は本気だった。

32

　同日の夕方、添田一郎は東アジア首脳会議を終えてシンガポールから帰国した。

　添田は首相官邸に立ち寄ったあと、官房長官を連れて千代田区内にあるシリウスの情報センターにやってきた。

「どうなってるんだ！」

　開口一番、添田は怒るように今成防衛大臣に言った。

「今のところはグリーンだが……」

　パネルを見ながら今成が言った。

「それがどうした！　グリーンならうまくいっているということじゃないか！」

　添田は機嫌が悪い。首脳会議がうまくいかなかったせいもある。

「まだ、決まったわけではありませんが、ひょっとするとシステムに不都合が出るかもしれません。今はまだそれらしい兆候は出ていませんが」

　林田事務次官がそう言って、これまでの経緯を説明した。

「なんとかしろ！　システムが止まりでもしたら、それこそ世間の笑いもんだ。本城と連絡がついたら、すぐに連絡をくれ」

添田はコントロール・ルームの出口に向かって歩き始めた。

そのとき、添田に付き添っていた男の携帯電話が鳴った。

「総理、脅迫です！」

一言そう言うと、男は再び携帯電話を耳に押し当てた。

全員が立ち上がり、緊張した面持ちで、男の電話が終わるのを待った。

「要求金額十億ドル、人質は――、人質は、シリウスをつけている我々日本国民全員です！ 期限は二十四時間後の、明日十二月二十四日二十三時。彼らは、シリウスの装着状況を監視するシステムを持っており、要求を拒否したり、シリウスを外そうという動きがあれば、日本人全員を殺すと言っています！」

一同は互いの顔を見合った。

斉藤事務次官が慌ててシリウスを腕からはずした。それを見て次から次へとシリウスをはずす者が現れた。

電話が鳴った。犯人からだ。

「命根性が汚い皆さんが四人おられるようですね。――言ったでしょ？ 我々はみんな分かるんです。隠し事はできませんよ」

それだけ言って、電話は切れた。

「情けないやつらだ。こういう時にこそ本性が現れる」

添田は、シリウスを付け直す斉藤次官らを見ながら、冷ややかに言った。

――人質――コントロール・ルームの全員が「人質」の意味を思い知らされた。

添田は椅子にどっかと腰をおろし、腕を組んで目を閉じた。

関係者だけを集めて、極秘の緊急対策会議が開かれた。

対処を誤れば、多くの人命が奪われてしまう。また、添田政権の命取りにもなる。いや、国内だけの問題ではない。もしシリウスが殺人兵器として用いられようものなら、それを言葉巧みに世界中にばらまいたとして、日本国そのものがテロ国家として世界に悪名をとどろかせることになるだろう。

書き換えられたプログラムは鉄壁の護りだった。どんな手を下しても、その配列を頑として変えようとしない。

政府に協力しているハッカーたちも極秘裏に招集された。

「まるでコンクリートだ！　びくともしない」

ビルがいまいましそうに言った。

「どんなプログラムも、俺たちの手にかかれば、簡単に降参するはずだ。それがこんなに時間をくっちまって――、くそっ、健二のせいだ。何をしやがったんだ！」

「うるさいなぁ。静かにしてください。汚い言葉は使うし、全くもう……」

野球帽を被った、高校生のような風貌の男が言った。

「動かないのは当たり前です、外部から一度侵入されたら、絶対に二度と入れないよう、自動的にアルゴリズムを変更する。そんなことは僕たちにとっては常識です」

隣りに座る若い女も顔を上げ、

「誰かにいじられたから、このプログラムは、もう誰も手をつけられないの。作った本人以外はね。今のプログラムのままで最後までいっちゃうわけ」

「だから早く直せってんだよ、ハッカーのお嬢ちゃん」

ビルが指を立て、脅すように言った。

野球帽の男は大きな溜め息をついた。

「国家の一大事だと言われて、ここに連れて来られたんですが、――なんか、皆さんお粗末ですね」

グレッグのチームの男が立ち上がった。

「何さまのつもりでいるんだ！　お前たちならできると言うのか！」

「ほらほら、大人はすぐこうやって熱くなる。気をつけようね、みんな」

野球帽の男は同じテーブルの三人にそう言うと、再びキーボードを打ち始めた。

犯人たちは、テロの予告についで、電子メールで身の代金の振込口座を知らせてきた。どの口座もタックスヘイブンと呼ばれる租税回避地にある金融機関の口座である。五つの銀行に、それぞれに二億ドルずつ振り込めという。

タイムリミットを一秒でも過ぎれば、日本の人々にシビレルほどのクリスマス・プレゼントを贈る。哀しみのクリスマス・イブになるだろうとメールは伝えていた。

最初の脅迫電話は海外からかけられ、電子メールもいくつかの国を転送して送りつけられていた。

桜井まりこは陽子に聞いた。

「陽子ちゃん、何か先生から聞いていない？　プログラムが書き換えられた場合、どうすればいいかとか……」

「課長、私はプログラマーではありません。私に健二さんが、あっ、本城先生がそんな大事なことを言うと思いますか？」

「健二さんでいいのよ。そうか、そうよね、言う訳ないよね。どうする？　私たちも本城先生が連れて行かれたらしい札幌へ行ってみる？」

「皆さんに聞いてみないと」

陽子と桜井まりこは役員室を出て、コントロール・ルームへ行った。

コントロール・ルームでは、ビルとグレッグがノートパソコンを持ち込んで全員に説明をしていた。

「めどは立ちました。おそらくこの方法でいいと思います。ただ、ここから先へ行くことができないんです。このコマンドを実行することができません。おそらくケンジが何かトラップを仕掛けておいたに違いありません。このコマンドさえ実行できれば……」

「石原さん、何とかなりませんか！」

林田が、陽子の会社の社長である石原の方を見て言った。

石原は、陽子と桜井まりこが部屋に入ってくるのを見ると、すかさず陽子に近づいた。

「徳永君、万が一のことを、何か聞いていないかね。何しろ本城先生ときみは――」

「先生は犯人たちに捕まっているようです。飛行機で札幌に向かったとニーナが言っています」

「捕まっているだと？　何か証拠でもあるのかね！」

添田が怒鳴りつけるような声で言った。

ニーナの言葉を信じない者もいたが、その後犯人から届いたメールに添付されていた写真を見ると、健二の所在についてはニーナに望みを託さざるを得ないと誰もが思った。

それはホテルの一室で撮られた本城健二の写真だった。

三人の女と一人の男が一緒に写っていたが、どの顔もピエロの顔に変わっていた。

33

千代田区にある情報センターでは、中枢にある幹部全員がコントロール・ルームに集まって対策を話し合っていた。

「なんとか、ならんのかね、なんとか」

大臣たちは、馬鹿の一つ覚えのように同じ言葉を繰り返していた。

ニーナは、ときどき健二の様子を探ろうと目を閉じて思いを集中するが、赤々と燃える暖炉と、ソファに座っている健二の姿が見えるだけだった。しかも、その映像もときどき乱れてしまう。ニーナの透視をスーザンが妨害しているのか、あるいは健二のまわりに強い電磁波を発する機材があるのかもしれない。

十二月二十四日午前三時、犯人と思われる男から電話があった。

「一度しか言いませんので、よく聞いてください。期限の時間を変更します。午後十一時を十二時間早めます。タイムリミットは午前十一時。今から八時間後です」

「そんな無茶な！　金の準備が間に合わない！」

「何をとぼけたことを。昔ならいざ知らず、今はコンピュータを叩けば、それで済むことです。残りは、あと八時間ですよ」

「待ってくれ、きみの名前は？」

「必要ないでしょう」

電話はそこで切れた。

林田は受話器を置くと、そばの男に言った。

「さきほど官邸に戻られた総理をすぐに呼び戻してくれ。これからはずっとここにいてもらわなければならん」

一時間後、添田一郎がコントロール・ルームに入り、最終決定が即座に下せるようになった。

34

ログハウスは北海道の十勝岳連峰の山の中にあった。

男は林田との電話を切ると、スーザンを呼んだ。

「向こうにニーナという女がいるが、ここを知られることはないだろうな」

「大丈夫よ、クロサワさん」

「シッ！　俺の名前を口にするな」

男は右手の人差し指を立てると、健二の方を振り返った。

健二は目を閉じている。

男の名前は黒沢というらしい。彼は東京からここへ来るまでに一度も自分の名前を部下に呼ばせていなかった。慎重な男のようだ。

「本当に心配しなくていいんだな」

「ハネダで、彼女の意識を突然感じたの。初めてだったわ。私たちを捉えようとしていたようだけど、すぐに弾き飛ばしてやったわ。彼女の力はまだ初心者レベルよ。ただ、彼女は今日本に来ているわ」

スーザンは言った。

男が朝倉幸恵を呼んだ。

「さっきの忠告は本当に助かったよ。やはりきみにシステムの監視を任せておいて正解だった。彼らも馬鹿じゃないな、的確に対応してきているようだ」

「ビルもグレッグも優秀です。まだ私たちのシステムを停止させることはできませんが、あれこれやっています。急いだほうがいいでしょう」

「期限を十二時間早めて、午前十一時に変更した」

「良かった。明るいうちに脱出できますね。あっ、少し爆薬が足りません。アンテナは撤去できないかもしれませんが」

「しょうがない。いいだろう」

二人の話は終わった。

35

午前六時、情報センターのコントロール・ルームにいる全員に熱い珈琲が配られた。

添田は身の代金の準備具合を官房長官に確認した。

「一応準備はしてあります」

「払うことになりそうだな」

添田はカップを口に運びながら言った。

「本城の居場所はまだ分からんのか」

「テレビニュースにでも流して、国民の力を借りますか?」

目が合った斉藤経済産業省事務次官が答えた。

「馬鹿かお前は。何度目だ、お前の馬鹿さ加減を晒すのは」

林田が斉藤を蔑むように言った。

そこへ、警備課長がドアを開けて入ってきた。

「犯人から、また電話です！」

「よし、つないでくれ。それからスピーカーのスイッチも入れて！」

林田が返し、添田一郎に受話器を取るよう促した。

「金は用意できましたか？」

「きみたちは何者ですか。何のためにこのようなことをするのですか」

添田は相手を刺激しないように言葉に気を遣っている。

「送金の準備はできたかと聞いています。それとも払うつもりはないのですか？」

「今、準備をしています」

「添田さん、我々は去年、山川大吾弁護士にこれから使用する方法と同じ方法で亡くなっていただきました。あれから一年。我々の技術は更に向上し、あなた方が世界に拡げてくれたシステムのおかげで、今や全世界の人々が山川弁護士の予備軍となってくれた。金の準備は急いだほうがいいですよ」

「きみたちが勝手に期限を早めたんです。こちらにもいろいろと都合があります」

「添田さん、あと五時間です。十一時ジャストが、我々が最後に口座を確認する時間です。誤解があるといけないので言っておきますが、日本時間で十一時です。昔と違って、今は銀行の窓口の時間に関係なく、二十四時間コンピュータで金のやりとりができることはご存知ですよね。言い訳は一切聞きません。いいですね」

「もし、送金が間に合わなかったら？」

「大勢の人々の死を目にしながら、賛美歌でも歌ってください」

電話は切れた。


沈黙の中で、ビルが陽子に言った。

「何かケンジから聞いていませんでしたか。ぼくたちは、もはや、やるべきことは全てやりました。それでもコンピュータはコマンドを受け付けない。石原社長も言っていましたが、あなたはケンジの恋人だそうですね。何か情報はないですか」

全員が、すがるような目で陽子を見ている。

ふと、思いついたようにニーナが陽子にそっと耳打ちをした。

「陽子さん、健二さんと行ったドリーム・ワールドのことは？」

陽子はそれが何の役に立つのだろうかと思ったが、とりあえず口に出してみた。

「遊園地なんですが……。本城先生と同じ遊園地に二回行きました。乗り物もアトラクションも、二回とも全く同じでした。食事も全く同じものを食べました」

全員がハッとした。

36

陽子は、健二と一緒に過ごした二日間の出来事を詳しく話した。

「おそらくそれだろう。健二は何かを陽子さんに残したんだ。しかし、そのことからどうやって答えを出せというんだ——。時間もないし」

ビルが諦めにも似た表情で言った。

「やるだけやろう！　考えられるアルゴリズムを全て挙げてくれ」

グレッグが全員を励ますように言った。

十分後、ドリーム・ワールドと横浜での二人の行動を書いたメモが全員に配られた。

キーを叩く音が止むことなく続き、「これもだめか」という言葉だけが繰り返し発せられた。

朝食のサンドイッチが運び込まれたが、誰も手をつけなかった。

珈琲が配られても、飲もうとする者はいなかった。

やがて、全員の目がチラッチラッと時計を見るようになった。

そして、午前十時半になった。

残された時間は三十分！


「よし、できた！」

野球帽の男が自信に満ちた声を上げた。

「これでいい。まず間違いないでしょう」

男のまわりに皆が殺到した。

「いいですか、見ていてください」

男は目にも止まらぬ速さでキーボードを叩き終えた。そして添田総理大臣の目を見て、

「――いきます」

男はエンターキーを静かに押した。

全員が息を呑んで画面を見つめた瞬間、中央からメッセージが飛び出した！

――ようこそ　シリウスシステムへ　――

新しいウィンドウが次々に開いてくる。

「よし！」

添田がこぶしを強く握り締めた。

「よくやってくれた。これで終わりだな?」

添田が野球帽の男に聞くと、ディックが代わりに答えた。

「まだです。やっとシステムの中に入れただけです。あとは時間勝負。犯人の言う時間までに全てのシリウスのプログラムを書き換えることができるかどうか……。犯人も、我々が監視プログラムを無効にしたということはすぐに分かります。時間まで待って身の代金を受け取ろうとするか、それとも書き換えが始まった時点で自暴自棄になって人々を殺し始めるか——。とにかく今回の我々の動きに彼らはすぐに気付くはずです。時間まで待ってくれればいいのですが……」

「待つに決まっているじゃないか。犯人は金が欲しいんだ。ディック、何を言っているんだ」

林田次官は半ば怒ったようにディックに言った。

「添田総理、犯人は何をするか分かりません。急いでください。もう少し経過を見て、プログラムの書き換えがぎりぎりになりそうなら、すぐにでも送金した方が賢明です。もしも対応を誤ってしまうと政権の命取りです。総理、くれぐれも——」

「うるさい!　そんなことは分かっている」

いまいましそうに言うと、添田は林田に背を向けた。

野球帽の男が手招きで陽子を呼んだ。

「あなたの記憶力が正確で助かりました。本城先生は、ドリーム・ワールドの乗り物やアトラクションの頭文字、通りや店の名前、それに食事のメニュー、そのほか行った時間や乗り物の時間など、全てを組み合わせたアルゴリズムを作っていたんですね。試行錯誤で結構大変でした。あなただけに教えておきます」

「ありがとうございました」

陽子は礼を述べてその場を離れた。

「さすが、天才といわれるハッカーたちですね」

防衛大臣のわきで官房長官がつぶやいた。

「あんたたちが彼らを使うということが、ある意味で怖いよ」

防衛大臣が言葉を返した。

37

北海道のログハウスの中で、突然、機械的なアナウンスが流れ始めた。

「警告、警告、監視システムが停止しました。監視システムが停止しました。警告、警告、監視システムが――」

東京で何かをやったらしい。

黒沢と呼ばれる男は急いで螺旋階段を駆け下り、オペレーション・ルームに飛び込んだ。ドアが閉められた。

五分後、再びドアが開き、スタッフたちが飛び出してきた。

バックパックを背負っている者もいれば、軍隊で使うサンドバッグのような私物入れを肩に担いで出てくる者もいる。螺旋階段を行ったり来たりして、荷物を急いで下に投げる者もいる。外にトラックか何かが待機して、必要最低限の物だけを積み込んでいるようだ。

健二はあたりを見回した。

いつの間に仕掛けたのか、広いリビングルームの四隅にプラスチック爆弾と思われるものが置いてある。

見上げると、吹き抜けの上にも、柱にも爆弾が取り付けられてあった。脱出と同時にこのログハウスを爆破し、痕跡を消すつもりだろう。

黒沢が健二に近づいた。健二の手には手錠がかけられている。

「皆さんはなかなか優秀なようですね。プログラムの書き換えを監視していたのですが、どうやらそれが止められてしまったようです。彼らも書き換えができるようになったのでしょう。あとは知恵比べです。間に合うか、間に合わないか、結末を一緒に見ましょうか」

そう言って黒沢は健二をオペレーション・ルームに連れて行った。

「どうだ、彼らの状況は？」

黒沢はモニターの前に座っている男に聞いた。

「彼らはシリウスの書き換えに入りました。一台ずつ順番に書き換えられています」

黒沢は表示パネルを見上げた。

手に持っているペン状のものを日本に向けると、日本がクローズアップされた。

東京都が点滅している。

さらにクローズアップ。

都内にある全てのシリウスの数が横バーとなって表示された。全体はグリーンだが、左端の部分からブルーに変わりつつある。

「間に合うものか。結局死なせてしまうことになる。旭川に行き着く頃は十一時をとっくに過ぎている」

黒沢は、健二に向き直って言った。

「最初に信号を送るのは旭川です。旭川は添田総理の出身地です。それに偶然にも旭川は頭文字がA。北のAから順番に進んでいくというのは面白いでしょう。そうそう、旭川は自衛隊の町としても知られています。マスコミは、それぞれ好き勝手なことを想像して書くでしょうね。実は、送金があろうとなかろうと、我々は計画を実行します」

「何だって⁉」

「ドラマもクライマックスにさしかかりました。前にお話ししましたよね。世界を変えるのは金と恐怖だと。恐怖を確実に与えなければなりません」

「なんということを……」

「書き換えが始まっていますね。ここで慌てて信号を送ってちょこちょこと殺してしまのは、私の美学に反します。プロは最後まで待つものです。結果がすべて。勝つか負けるか、ただそれだけです」

自分が勝つか、日本政府が勝つか、この状況を楽しんでいるようにすら見える黒沢に、健二はただならぬ狂気を感じた。

壁の時計は午後十時四十五分を指している。残りの時間は十五分。

旭川では二十八万人の人々がシリウスを腕につけて暮らしていた。

38

東京では、添田一郎がコントロール・ルームのパネルを、まばたきもせずに見つめていた。

「どうだ、いつ終わるんだ、金は送らなくても大丈夫か！」

誰も答えない。

全員が刻々と変わるパネルの表示を見つめている。

時計のような表示の中で、一時方向から次々にグリーンからブルーに変わっていく。

全てブルーになると、それは書き換えが終わったことを示し、また次の都市名の時計が現れては、グリーンからブルーに変わっていく。

林田がパネルの表示を日本全土に変えた。

東京を中心に、蝶が羽を広げるように日本全土が対称的にブルーに変わっていく。

東北地方がブルーに変わり始めた。

「間に合うのか、間に合わんのか、どうなんだ！　答えろ！」

添田が怒鳴った。

「分かりません。スピードは上がりましたが、あとはコンピュータ任せです」

「よし、五十九分だ。十時五十九分まで待って、それでも終わらなければ送金しろ！　いいな！」

添田は立ち上がって、正面に座っている男に言った。

彼のコンピュータの画面には、送金先の五つの銀行名と送金額が表示されており、あとは実行キーを押すだけである。

残り九分！

39

北海道十勝岳連峰――

「大変です！　彼らの処理スピードがあがりました。これは、想定を超えています！　これでは十一時二分前に、全てのシリウスの書き換えが終わってしまいます！」

モニターを見ていた男が黒沢に叫んだ。

「なんだと！」

黒沢の顔色が変わった。

モニターを見た黒沢は鬼のような形相になった。

「くそっ、失敗だ！　全員外にでろ！　すぐに脱出するんだ！　トラックは今すぐ出発しろ！」

上空にヘリコプターの音が聞こえてきた。

「おい、お前たちもすぐに行け！　ヘリコプターに乗ったらすぐに飛び立て！」

黒沢は朝倉幸恵と安田恭子に言った。

「兄さんは？」

恭子が黒沢に聞いた。

「いいから、行け！」

黒沢は走ってリビングルームの隅に行くと、起爆装置のボタンを押した。

タイマーが作動した。

ログハウスの爆発まで十分。

十一時までは残り五分！

健二は黒沢と目が合った。黒沢のやろうとしていることが健二には分かった。

「やめろ！」

とっさに叫んで、黒沢に体当たりした。

手錠がかけられているため、思うように手が使えない。

黒沢は床から起き上がり、健二の顔を思いっきり殴って、足で突き飛ばした。

健二が床に倒れた瞬間、立てかけてあったピッケルが健二の腕を突き刺した。

黒沢はコントロールパネルのボタンを押そうとしている。手動でシリウスに命令を送るつもりだ。

ボタンを押されたら最後、まだ書き換えが終わっていないシリウスが一斉に人体に向けて放電を開始する。人々は身体をエビのように反り返らせ、煙をあげながら死んでいくだろう。

腕から血を流しながら、健二は更に黒沢に突進した。

黒沢がボタンを押す寸前だった。

「この野郎！」

黒沢は、床にあったピッケルを取り上げ、健二に向かって振り下ろした。

ピッケルはコントロールパネルに突き刺さった。

健二は、手錠をしている両手で黒沢の頭を殴りつける。

黒沢の額が割れて、血が噴き出す。

黒沢はパネルに駆け寄り、血だらけの手でボタンを押そうとした。

健二は頭から黒沢に突進する。

黒沢は床に倒れたが、目の前に、撤去されたコンピュータの接続ケーブルが残っていた。黒沢はそれをつかむと健二にとびかかり、倒れた健二の首に巻きつけた。

健二は息ができなくなり、目が飛び出そうになった。手錠をかけられている両手はなんの役にも立たない。

意識が薄れていく……。

「兄さん！」

恭子が戻ってきた。

黒沢が振り向いた瞬間、わずかに黒沢の手がゆるんだ。

健二は最後の力を振り絞って黒沢を足で撥ね上げた。

そのとき、

恭子が大声で叫んだ。

「兄さん、十一時よ！」

健二も黒沢も凍りついたように、一瞬動きを止めた。

壁にかけてある時計を同時に見る。そしてパネルのシリウスの表示を見た。

旭川のシリウスはブルーに変わっていた。書き換えが終わった証拠である。

「くそーっ！」

黒沢が健二に殴りかかってきた。

健二も腕を振り回して殴り返す。

二人とも血だらけである。

「兄さん、もうやめて！」

「行け！　早く行けえ！　爆発するぞ！」

そう怒鳴りながら、黒沢は健二に体当たりしてきた。

健二は突き飛ばされ、床に倒れて気を失った。

「兄さん、早く！」

爆発まで、あと三分。

ヘリコプターがローターの回転数を上げて、今にも飛び上がらんばかりである。

スーザンは既に乗り込み、朝倉幸恵はヘリコプターのそばで二人を待っていた。

「兄さんをお願い！」

頭から血を流す兄を幸恵に頼むと、恭子はログハウスに引き返した。

「戻ってこい！　何をするんだ！」

黒沢は怒鳴った。

恭子は走ってログハウスの中に入ると、気を失っている健二を渾身《こんしん》の力を込めて外に引きずり出した。そして、ログハウスから少し離れた雪の上に健二を置くと、急いでヘリコプターに乗り込んだ。

40

東京のコントロール・ルームの中は、唾を飲み込む音さえ聞こえてきそうだった。

全員の目が、ノートブック・パソコンの画面を見つめるビルの顔と表示パネルとの間を行ったり来たりしていた。

「だめだ、送金しろ」

添田の言葉に、待機していた男の指がコンピュータの実行キーに触れた。

その瞬間、

「待て！　今、終わった！」

ビルの大声が部屋全体に響いた。

全員が一斉にパネルを見る。

日本全土がブルーに変わっていた。

シリウスの書き換えが完了した瞬間だった。

コントロール・ルームの時計は十時五十九分。秒針は時計の真下を過ぎたところだった。


十一時ちょうどになった。

世界中のコンピュータが、日本のシリウスに向けて放電命令を次々と出し始めた。黒沢が世界中にウィルスをばら蒔いていたからだ。もし自分の身に何か起こったとしても、確実に命令を実行できるようにしておいたのである。

今となっては無意味な命令だが、表示パネルは気が狂ったように警告を発し続けている。

添田をはじめコントロール・ルーム内にいる人間は、あらためて事態の恐ろしさを痛感した。

東京の情報センターで、関係者の顔に笑顔が戻りつつある頃、北海道の十勝岳連峰に大音響が鳴り響いた。

雪の上に敷かれた毛布の上にうつ伏せに寝かされたまま放置された健二は、意識を取り戻した瞬間、猛烈な爆風に襲われた。

ログハウスの破片やガラスが、凶器となって健二の頭をかすめて飛んでくる。靴の底にガラスが突き刺さった。

空中に舞い上がった除雪機が、ドスンと音を立てて健二のすぐ横に落ちてきた。

健二は毛布をかぶり身体を丸くした。

上から熱いものが降り注いでくる。健二は目を閉じて、自分の上に重いものが落ちてこないように祈った。

あたりが静かになった。

そっと毛布をめくって顔を上げると、ログハウスは跡形もなく吹き飛んでいた。

立ち上がるとめまいを感じた。左腕からは血がしたたり落ちてくる。

あたり一面は真っ白な雪景色で、外気温は氷点下である。

防寒具を身につけていない健二は、手錠を掛けられているために思うように手が使えない。苦労しながら何とか毛布を体に巻きつけると、行くあてもなく歩き始めた。

41

東京では、健二の消息など誰も気に留めていなかった。

健二の決死の働きで、人々が死なずに済んだことを、ニーナや陽子さえも知らなかった。

陽子は、情報センターの廊下にニーナを連れ出して聞いた。

「健二さんはこのことを知っているのかしら。まだ犯人たちに捕まっているのかしら？」

「今、言おうと思っていたところです。健二さんは解放されています。でも大怪我をしていて、すぐに探して助けなければ！　行きましょう、北海道へ。急がないと！」

陽子は添田一郎に駆け寄った。

「すみませんが、ヘリコプターを北海道まで出していただくことはできないでしょうか」

「えっ、何のために？」

「本城先生の捜索をお願いしたいのです。怪我をしているらしいんです」

「きみねぇ、本城先生が北海道にいると決まったわけじゃないんだろ？　あのネイティブアメリカンの女の子の話だろうけど、それは無理だよ。それに私が直接命令を下すなんてことは、ミサイルが飛んできたわけでもないし、とてもとても――。これ以上、寿命を縮めるようなことは言わんでくれ」

添田は同意を求めるように、隣の今成防衛大臣に目を向けた。

「無理な相談ですよ、徳永さん。総理のおっしゃる通りだ。映画のようにはいかないよ。それこそマスコミが知ったら大変だ」今村が言った。

そのとき、ディック・ラーキンが、ニーナに部屋の外へ出るよう目で合図を送った。

陽子もニーナに続いてコントロール・ルームの廊下に出た。

「ニーナ、ケンジの姿が見えているのか?」

ニーナは蔑むような目つきでディックを見ている。

「ケンジがどこにいるのか分かるのか?」

ニーナは何も言わない。

「ニーナ、どうなの? 健二さんが見えているの?」

陽子の言葉に、ニーナはようやく頷いた。

「山の中です。だいたいの場所は分かります。でも、健二さんの身体から血が少なくなっています。それに……」

「それに?」

「もうだめかもしれません。寒さのためです」

陽子はその言葉に落胆し、しゃがみ込んでしまった。

添田総理がコントロール・ルームから廊下に出てきた。

「ラーキンさん、ちょっと中へ」

ディック・ラーキンは振り返って添田を見たが、彼はその言葉を無視して陽子のそばを動かなかった。

「ラーキンさん」再び添田はディックを呼んだ。

「私が呼んでいるんですよ。返事くらいしたらどうです」

添田の声に怒りが含まれている。

「いいんだ、ほっておけ」

ディックは二人に言うと、添田を無視し続けた。

「死なせるわけにはいかない……。なんとしても助けなければ――」

陽子は確かにディックがそうつぶやくのを聞いた。

「ラーキン！」

添田はディックの腕に手をかけ、無理やり振り向かせようとした。

ディックはその手を強く払いのけた。

添田は、一瞬、訳が分からないような顔つきになったが、すぐに、

「どういうことだ」

と、見る間に顔を真っ赤にして言った。

ディックが追い打ちをかけるように添田の胸を押すと、添田は尻もちをついてしまった。ディックは覚悟を決めたように大きく息を吸い、しゃがみ込んだ陽子の肩に優しく手を置いて言った。

「健二を救いに行こう。ぼくのヘリコプターを使えばいい。さぁ、立って」

ディック・ラーキンは陽子の手を取って立ち上がらせ、一緒にコントロール・ルームに戻った。

添田は腰に手を当ててゆっくりと起き上がった。背広のポケットから血圧の薬を取り出して口に放り込み、悠々とした足取りで、来た方向とは逆の方向へ歩き出した。

コントロール・ルームに入ると、ディックはまっすぐに石原のもとへ向かった。

「石原さん、ぼくは陽子さんを連れて、今から北海道へ行きます。あなたの会社の社員ですから一応お断りしておきます」

石原が眉を吊り上げた。

「ディック、それは困るよ。これから話し合いが始まるんだ。マスコミ対策も急いでやらなくちゃいかん」

「陽子ちゃん、勝手な真似は許されないわよ」

桜井まりこも強い口調で陽子をたしなめた。

「いいんだ。さ、行こう！」

踵を返したディックに、陽子とニーナが小走りで続いた。

少し歩いて、ディックは後ろを振り返って言った。

「石原さん、もしこのことで陽子さんを辞めさせるようなことがあれば、ラーキン・グループは、あなたの会社の製品を今後一切扱いません。半導体であろうが、家電製品であろうが、一切をですよ！」

後を追って廊下に出てきた二人は何も言えなかった。

ディックは歩きながらニーナに言った。

「ぼくの変貌振りに驚いているだろうな」

ニーナは何も答えず前を向いて歩き続ける。

「陽子さん、聞いてもらえますか」

急いで歩いているため、息が切れてディックの言葉に波ができる。

「はい、なんでしょうか」

ディックは陽子に歩調を合わせて話し出した。

「ぼくは健二を超えようと思った。いつか健二を見返してやりたかった。健二はぼくの理想の男だったからこそ、ぼくは健二に嫉妬した」

陽子の足が少し遅くなった。

「いっそいなくなってくれれば、と本気で思った。でも、それが現実になろうとした今、健二を嫌っていたぼくが、健二の存在に支えられていたことに気づいたんだ」

陽子は、歩きながら一瞬ディックに顔を向けたが、すぐにまた前を向いて歩き続けた。

「ぼくには健二が必要だ。健二がいたからこそ、ぼくは頑張ってこれたような気がする――」

三人はタクシー乗り場に着いた。

急いでタクシーに乗り込むと、港区内にあるラーキン・オイル・ジャパンに向かった。車中、ディックは携帯電話で次々に指示を下した。

ラーキン・オイル・ジャパンの屋上ではヘリコプターが出発の準備に入った。

助手席に座るディックが首を少し後ろに向けて言った。

「パイロットによると、北海道には四時間半で着くそうだ。途中で一回降りて給油しなければならないので、ケンジを探す頃には、もう暗くなっているかもしれないと言っている」

「間に合わない。健二さんは、夜になったら死んでしまう」

ニーナが哀しそうな声を出した。

陽子は腕時計を見ていたが、突然、

「羽田へ行ってください！」と、後部座席から身を乗り出して運転手に告げた。

「急いでください！　今なら、ぎりぎり十二時半の飛行機に間に合うかも知れません」

ディックは、驚いて陽子を振り返ったが無言で頷いた。

うまく乗れれば、新千歳空港着は午後二時〇五分。ヘリコプターなら午後四時半を過ぎてしまう。

ニーナはタクシーの中でずっと目を閉じていたが、やがて、陽子から渡された北海道地図をバッグから取り出した。

「陽子さん、ここのどこかに健二さんがいます。寒さに震えています」

ニーナの指は十勝岳連峰を指している。陽子は携帯電話を取り出し、キーを押した。

「もしもし、桜井課長ですか？　そこに今村防衛大臣がおられると思いますが、代わってくださいますか」

有無を言わさぬ口調である。

今村が出た。

「徳永です。すみませんが丘珠空港にある自衛隊のヘリコプターを新千歳空港に回しておいていただけませんか。午後二時〇五分に着きますので、すぐに乗り換えて本城先生を探しに行きます。暗くなると思いますので、パイロットにはそのことも伝えておいてください」

「何を無茶なことを！　きみはわしに命令する気か！」

「命令ではありません。お願いです。行き先は十勝岳連峰です」

「無理だ！　会議にも出ないで、何を言ってるんだ！」

「分かりました。それなら、これからすぐテレビ局に電話をして、今までのことを全て話します！」

陽子はそう言い放って電話を切った。

電話を切って十分が経った。

陽子の携帯電話は沈黙したままだ。

（大臣を脅してしまった。全てを失うことになるかもしれない）

陽子がそう思った瞬間、携帯電話が鳴った。

「今村だ。自衛隊のヘリコプターがあんたを待っている。それでいいな」

「ありがとうございます！」

「本城先生の研究所で爆発があった。だから救出に向かう。そういうことにしてあるからな。余計なことは絶対に言うんじゃないぞ！」

陽子は、賭けに勝った。

42

新千歳空港に着くと、自衛隊の救難ヘリコプターが、すぐに飛び立てる準備をして陽子たちを待っていた。米軍が軍用機として使用している型式で、夜間の飛行も可能である。

「目的地は十勝岳連峰ですね」

救難ヘリコプターの機長が言った。

「爆発のあった建物の詳しい位置をお願いします」

詳しい位置など知るべくもない。

「詳しい位置を！」

機長が陽子の方を向いて再び言った。捜索現場、即ちターニング・ポイントを決める必要があった。日航機の中でニーナは、健二が十勝岳にいるというところまでは探り当てていたが、それ以上のことは分からなかった。

陽子は、十勝岳が標高二、〇七七メートルであることを思い出した。

「南斜面一、八〇〇メートル付近です」

全くの当てずっぽうで言った。とにかく十勝岳に向けて飛んでもらわなければならない。近くに行けばなんとかなるだろう。ニーナが何かを感じてくれるかもしれない。

「十勝岳南斜面一、八〇〇メートルですね。分かりました」

機体はゆっくりと浮き上がり、時計方向に二百五十度旋回すると、滑走路を舐めるようにして上昇を始めた。

「普通は北海道知事から災害派遣の要請が来るんですが。今回は本当に驚きました」

機長の隣に座る副操縦士が陽子のほうを振り向いて言った。

「研究所で爆発があったとだけ聞かされていますが、何を研究していたんですか?」

「よく分かりません」

それ以上は答えようがない。

「山の天候は大丈夫だろうか?」

ディック・ラーキンがコックピットに向かって英語で話しかけた。

「大丈夫です。我々よりも先に救難捜索機が飛んでいます。気象偵察をしてくれましたが、問題はありません。我々は彼らの誘導により最適の飛行ルートを飛んでいます。任せてください!」

機長は流暢な英語でディックに言った。力強い彼の言葉は陽子にとって頼もしかった。

ニーナは北海道の地図をひざの上に置き、離陸してからずっと目を閉じている。

ログハウスで爆発があってから、既に三時間が経過していた。

43

寒さに震えながら、健二は雪の上のタイヤの跡を歩き続けていた。

履いているのは普通のビジネス用の革靴である。靴底には爆発の際のガラスの破片が突き刺さっているらしく、歩くたびに足の裏に痛みを感じた。

背広は破れ、白いワイシャツは血に染まっている。左腕からの出血はまだ続いていた。

少しでも出血を抑えようと、手錠がかけられている両手を頭の上に乗せて歩いた。身体を寒さから守ってくれていた毛布は途中で落ちてしまったが、それを拾う気力もなく、ただ夢遊病者のように歩いていた。

やがて、健二はおかしな痛みを感じ始めた。

手足が異常に冷たく、針で突かれるような痛みである。

出血が続いて貧血状態にあるのか、何度かクラッとして雪の上に倒れたこともあった。

そのうちに、手足がしびれてきた。

凍傷だ。

やがて痛みが増し、皮膚が黒くなり、そして感覚がなくなっていく……。健二はその先を考えるのが怖くなった。

時計を見ると、歩き始めてもう三時間。体力は限界に近づいていた。

目の前の景色がかすんできた。

立ち止まって、強いまばたきを繰り返した。

少し休もうと、その場に佇んでいると、手足の先が硬くなり感覚がなくなってくる。不安を感じて再び歩き始めた。

ドドドド、ドーッ！

突然、五十メートルほど先で、轟音が鳴り響き、すさまじい雪煙があがった。

雪崩だ！

気が付くと、タイヤの跡どころか、道そのものが消えていた。

わずかな時間の違いだ。もう少し早ければ雪崩に呑み込まれていただろう。

もはや健二には怖いという感情さえも起こらなかった。そして、前へ進もうとする最後の気力も今の雪崩で尽きてしまった。

健二は雪の上にひざをつき、そのまま崩れるように倒れて意識を失った。

44

「まもなく現場付近です。南斜面に向かいます」

機長が、キャビンの方を振り返って言った。

陽子もディックも、その言葉に思わず窓に身を寄せて外を見た。

二名の捜索員は、降下に備えて装備を点検している。

ニーナが目を開けた。そしてコックピットに近づいて機長に言った。

「少し右の方へ向かってください。高度を下げて」

機長は怪訝な顔を陽子に向けた。

「南斜面とは違いますが？」

「彼女の言うとおりにしてください。どうかお願いします！」

機は右に旋回を始めた。

空が暗くなって、雪がちらちらと降り始めた。

山の天候は変わりやすいと聞いていた陽子は不安になった。

突然ニーナが言った。

「左！　左へ回ってください。ゆっくりと」

健二が近くにいるのだろうか。ニーナの声に全員が緊張した。

機長は機を傾けて、次の指示を待った。しかし、ゆっくり飛ぶようにとの言葉を最後に、ニーナから次の指示が出てこない。

「すみません、このへんだと思いますが……」

ニーナの声が、急に小さく頼りないものとなった。

ニーナは無言で万年筆を陽子に渡した。健二のモンブランの万年筆である。

それは氷のように冷たかった。

救難ヘリコプターの中は暖房が効いていて、陽子のシステム手帳に挿したボールペンも、携帯電話も、ディックの持つビジネスバッグの金具部分もさほど冷たくはない。だが、陽子が握り締めた万年筆は冷凍庫から取り出したばかりのような冷たさだった。

「ああ――」

ニーナが溜め息ともつかぬ声を出して肩を落とした。

「どうしたの?」

「見えません――。健二さんが見えなくなりました。もう、健二さんを感じることができません」

健二の死が現実性をもって陽子に迫ってきた。

「雪がひどくなってきました。どうしますか?　これ以上ひどくなると前が見えなくなって危険です」

機長が陽子に言った。

「すみません、もう少しだけ飛んでみてください。お願いします」

陽子は涙声になっている。

ディックは声をかけることもできず、黙って二人を見ていた。

陽子は健二の万年筆を握り締め、雪の中のアリさえも見逃すまいと、食い入るように窓から白い山肌を見つめていた。

万年筆は温かくならなかった。そして雪は激しさを増した。

「引き返します。これ以上の飛行は危険です！」

陽子の返答を待たず、機長は機首を反転させた。

「うっ！」

突然陽子が小さく呻《うめ》いた。そして、時間が止まったかのように身動きせずにいる。

次の瞬間、陽子の体は、シートベルトをしたまま糸が切れた操り人形のように崩れ落ちた。

万年筆が床に転がった。

そのとき、機内が一瞬、光に包まれた。

異常な振動は一切なく、落雷であるはずがない。

操縦かんが効かない！

機長は慌てた。

ヘリコプターは右へ右へと流され始めた。

山肌がどんどん迫る。

激突する――。

誰もがそう思った瞬間、突然機体はバランスを取り戻し、操縦かんも効くようになった。

視界を遮るほど激しく降っていた雪も、いつのまにか止んでいた。

「機長、見てください！」

副操縦士が時計の一時方向をゆびさした。

白い山肌に、黒こげとなった部分が現れている。

「あれだわ！」

陽子が意識を取り戻していた。

二名の捜索員は降下の準備に入った。

「雪崩の跡があります」

副操縦士が言った。

「我々の爆音が、再び雪崩を引き起こさなければよいが」

慎重に操縦を続ける機長は、三十秒後、白い山肌に人影を発見した。


健二は夢を見ていた。

自分はソーサリートの家の裏庭にいる。綺麗に刈り揃えられた芝生の上に仰向けになって空を見ている。

屋根からロープが張られ、崖の向こうの空中へと伸びている。

しかし、おかしなことに、崖の先にはどこにもロープの支えがない。

真上で佑子が綱渡りのような格好をしてロープを渡っている。

健二を見下ろして、微笑みながら渡り続ける。

危ない！　その先は崖だ！

叫んだ瞬間、芝生は雪原になった。

寒い……凍えてしまいそうだ。

ふっと、頰が温かくなるのを感じた。

セーラが顔を舐めている。

急に温かさが全身にひろがった。

今度は、誰かがぴったりと裸の身体をくっつけて温めてくれている。顔を見ると陽子だった。

陽子の顔が、佑子になったり、陽子になったり、それを繰り返している。
陽子がここへ来てくれたのか？　佑子は生きているのか？
そんなはずはない。誰もいない。これは幻覚だ。いや、そうじゃない。
おや、赤いものが降りてくるぞ。
ウォン、ウォンと吼えながら降りてくる。
くそ、死神か？　俺を迎えにきたに違いない。
帰れ！　俺はお前の言いなりにはならんぞ。来るな、来るなぁ！
健二は叫び、朦朧とした意識の中で手を振り回した。
「大丈夫。大丈夫です！」
オレンジ色の制服を着た捜索員が、優しく健二の腕を抑えた。
「我々は、助けに来たんです」

45

二〇一二年四月、シリウスが世に出て一年が経過した。
世界で十億台を越えるシリウスは、瞬く間に地球環境に対する人々の意識を向上させ、エネルギー観さえも変えた。与えられるだけでなく、自らがエネルギーを生み出せる事に感動した人々は、そのエネルギーを供給していくうちに「丁寧なる消費」を学び、「科学が拓く人類の未来」に思いを馳せるようになった。

健二はこの一年間で多くのメディアからインタビューを受けた。その中で一人の記者とのやりとりが強く心に残っている。

その記者は、見るからに挑戦的な男だった。

「本城先生、科学技術は人々を豊かにしますか？　――どうです？」開口一番、こう言った。連れてきたカメラマンが、これまた遠慮を知らない男だった。あちこちと撮りまくり、健二の本棚にまでカメラを向けた。

「あっ、そこは――」

健二が言いかけると、記者は健二の視線を追うべく振り返った。

書棚の「夢果てぬ夜」いう本が記者の目にとまった。

「夢ですか――。夢ねえ。科学者は夢なんか語っていられませんよねえ」

健二はあまりの無礼さに腹が立った。

「夢は大事です。夢こそが現実です。そんなことが分からずに良く記者を続けていけますね。そういえば、あなたの会社は合併の話もあったはずだ。今にあなたも」

「リストラ要員になる――、うん、有り得ることだ。ははは、こりゃ一本取られましたな」

男はすかさず話をつなぎ、声を出して笑った。彼は話に勢いをつけることが得意なようで、根が悪い奴ではないらしい。

健二はきちんと答えてやろうと思った。

「夢が現実を作ってきました。空を飛びたい？ そんな馬鹿なと人は言った。できやしない、夢物語だと言った。結果――、その夢が飛行機を作った。北極の氷の下にもぐっている潜水艦と連絡を取れだと？ 浮上すればともかく、潜ったままで連絡が取れるようにしたい？ そんなことできっこない。夢物語で敵は倒せんぞ。結果――、無線技術が水中での通信を可能にし、現実の世界平和はそれで保たれています。今の現実は夢が作り上げてきたものです。夢が人々の生活を豊かにしました。夢ほど現実性に富むものはありません」

カメラマンが手を休めて健二の話を聞いている。記者が言った。

「確かに――。では、夢はいつも正しい夢でしたか？ そうじゃないでしょう。あなた方科学者が原子爆弾を作りだした。早く戦争を終わらせて平和な世界を作り出す夢？ それこそ馬鹿な事を言っちゃいけない。人殺しですよ、悪夢だ。悪夢が技術を発展させてきたんです。さ、先生のご意見は？」

まるでディベートでもやっているかのような様相になった。

「どんな夢も、人によって発案され、どんな技術も、人によって開発されていきます。ただ、人の心は常に振り子のように揺れる。自分勝手になったり、人のために尽くそうと思ったり――。科学技術は、それに携わる人間の思惑によって、いや、その思惑を生み出す「心」によって、社会を豊かにすることもあれば、人々を不幸にしてしまうこともある。我々人間は、なんのために生まれてきたのか、そしてどう生きていくべきか――。科学者のみならず多くの人々に考えてもらいたいと思います。自然に対しても人間に対しても、奪うために生きるのではなく与えるために生きる。私はそう思って生きています」

少し間をおいて、再び記者が質問した。

「確か、天国も死後の世界もない、と言って世界中で大論争を巻き起こした、車椅子の物理学者がいましたが、彼の考えについてはどう思いますか？　あっ、神が宇宙を造ったのではない、とも言っていましたが」

「彼は傲慢な人ではないでしょうか。私は人それぞれの考え方を尊重します。しかし、独善的な考え方には断固として反対します。

――天国も死後の世界もない――、――神が宇宙を造ったのではない――　そう公言してはばかりませんが、いったい、いつ、彼はそれを証明してみせたのでしょうか。していないはずです。

天国や死後の世界はいつの時代にも説かれてきました。霊や死後の世界を垣間見たとする話は世界中で後を絶ちません。それらをすべて脳内で起きた妄想として片付けてしまうことに私は疑問を感じます。

人間には心があります。脳ではなく、未だ解明が進んでいないその「心」にこそ、人間の本質があるのではないでしょうか。私たちの「心」についても、あるいは広大な宇宙についても、科学はその解明の緒についたばかりです。未知なる事柄の探究こそ、科学の科学たるゆえんです。解明せざる真理をつまびらかにすることこそ科学の目指すところです。自分たちの理解が及ぶものを科学と名付け、理解を超えたものを神秘と呼んで興味を示さない。そういう偏った考え方を持つ科学者だけにはなりたくないと思っています。世の中は不思議で満ち溢れています。だからこそ、その不思議を再現し、立証するために科学者は日々研鑽を続けているのではないでしょうか。未来の科学は、そうした未知なる事柄、私たちの理解を超えたものの延長上に開けてくると思います」

カシャッとシャッターが切れる音がした。健二が目を向けると、カメラマンの男は遠慮がちにカメラを構えなおし、ゆっくりと慎重に次のシャッターを切った。

46

北海道を除いてほぼ全国が傘マークで覆われた。梅雨の入りである。

世界各国から情報センターの責任者が集められ、霞ヶ関で三日間に及ぶ合同会議が開かれた。元気を取り戻した本城健二も出席した。

会議の最終日、錚々《そうそう》たるメンバー出席のもと、ブラボー計画の成功を祝う祝賀パーティーが開かれた。添田一郎は退陣し、新たな内閣が誕生していたが、依然として官僚の力は強く、林田事務次官はその職を追われることなく、むしろ功労者として和服姿の妻を伴って出席していた。

「本城先生、私は先生に戻ってきていただいて本当に安心しています。やっとシステム全体が本来の姿になりました」

水割りのグラスを手に持つ林田が、健二に話しかけた。

よくもまあ、抜けぬけと言うもんだ。健二は林田に対して強い嫌悪感を禁じえない。

シリウスの設計図を国外に流出させ、日本国を裏切るつもりか！　などと強い剣幕で自分を脅し、この計画から俺を外した男、それがお前ではないか！

ディック・ラーキンと結託し、世界に誇るシステムを牛耳ろうとして、総務省内のみならず日本国、いや全世界での売名行為を画策した張本人、それがお前ではないか！

健二は二度とこの男の顔を見たくなかった。

近くで宮崎経済産業大臣と話をしていた林田の妻は、夫が健二と話しているのに気付くと、健二のそばに寄ってきた。

「本城先生、林田の家内でございます。先生のことは林田から、それはもう耳にたこができるほど伺っております」

「あいつは苦手だ。いなくなってくれるといいんだが。そう言った類の話でしょう」

健二は皮肉を込めて言った。

「とんでもございません！　先生のような立派な科学者がおられるからこそ、日本の科学技術が高い水準を保っていられる。先生がおられるからこそ、かけがえのない地球を守ることができる。もう何度も何度も聞かされました。ねえ、あなた」

林田の妻は、隣の夫を見上げて言った。

「そう、とにかくみんな先生のおかげです」

林田は作り笑いをすると、その場を妻に任せて離れていった。

「ところで先生、あそこにいらっしゃるお嬢さん、確か徳永陽子さんとおっしゃったかしら、不思議な力をお持ちなんですってね。そのおかげで先生も生きて雪山から戻られることができたとか」

彼女の視線の先で、陽子が山本和男経済産業省事務次官と話をしていた。林田明憲と犬猿の仲だった斉藤隆事務次官は経済産業省から文部科学省へと異動になり、山本は再び元の職に就いていた。

　手の込んだやり方で職位を奪い、そしてまた、何事もなかったかのように山本を元の職位に復帰させる。それは前代未聞の経済産業省の人事であった。

「徳永さんは、どんな力をお持ちなのですか？」

「あらま、先生ったら、知らないフリなんかしちゃって。超能力、超能力ですよ！」

「いったい、誰からお聞きになったんですか？」

「あのディック・ラーキン先生からですわ。救助に向かうヘリコプターの中で、行ったこともない山なのに、ピタッと先生の居場所を当てたっていうじゃないですか」

　一瞬、ニーナと陽子を間違えていると思ったが、面倒臭いのでそのままにしておくことにした。

「ディックがそう言ったんですか？」

「内緒ですよ。そうそう、あの時は相当なお金をパイロットの方たちにも渡したらしいですよ。先生の居場所は最初から分かっていたことにしてくれと――。事件の間中、ディックさんはしょっちゅう林田と連絡を取っていましたけど、やはりディックさんのような偉い人は、特別な回線を持っているんですね。私なんか添田さんとディックさん、どちらが日本の総理大臣か分からなくなりましたわ」

林田夫人は眉根をあげ、大げさに困ったような顔をして言った。

やはり二人はつながっていたか——。健二は漠然と思ってはいたが確信がなかった。しかし、今の林田夫人の言葉で合点がいった。健二は、ディックが陽子にヘリコプターの提供を申し出たという話を聞いた時、ディックの翻意を感じた。悪役からの転向である。添田を突き飛ばしたというからには、もはや添田に見切りをつけたのだろう。

二人は事件後、マスコミを味方につけたのもつかの間、結局は癒着ぶりが叩かれ、添田は首相を退陣、ディックもブラボー計画から身を引かざるを得なくなっていた。

「せんせ、ちょっと先生——。心ここにあらずですよ」

林田夫人がスナックのママのような甘い声をだした。

「ディックがですか？　——そうですか」健二は無難に答えた。

「ね、先生、学校を作りましょうよ。ディックさんに校長先生になっていただいて、先生は副校長、私は専務理事をやりますから」

「ディックから吹き込まれましたね？」

「いいえ、私の考えです。ずいぶん前になりますけど、魔法学校の映画がはやりましたでしょ？あれから世界のあちこちで魔法学校のようなものができましたけど、みんないい加減なものですわ。本当の魔法学校。そして超能力で人々を助ける卒業生たち……。あー、神秘的で素敵だわ。

ね、先生、作りましょう。先生と私と徳永陽子さん、それにディックさんも入れてぜひやりましょう。お金は任せてください。私が政治家の皆さんや財界の皆さんから掻き集めてきますわ」

林田の妻は目を輝かせて話し続ける。放っておけばいつまでも話が続くだろう。このへんでお開きにしたかった。

「確かに、そうですね。まあ、魔法、超能力に興味を持たれるのも結構ですけれど、人間を超えた聖なる存在への畏れを持って生きてごらんになってはいかがですか?」

林田の妻はキョトンとした顔つきになった。


健二がその場を離れると、山本和男次官が近づいてきた。山本もまた職を変わることなく新しい大臣のもとで経済産業省の事務次官として活躍していた。少し言葉を交わしたあとで山本が言った。

「ずっと気になっていることがあるんですが……」

「どんなことでしょう」

「シリウスⅡとはそもそも何だったんでしょうか」

健二は、おやっと思った。山本は当初この計画に参加していた人物で、この件に関する内部文書は読んでいるはずである。健二は事件後に極秘で開かれた調査委員会で、シリウスⅡを山川弁護士に渡したことや、シリウスⅡのある程度の性能について話していたが、どうやら文章には記述がないらしい。内部の者といえども、誰一人として信じてはならないということを政府は学習したのだろう。哀しいことではある。

健二は山本の質問に答えた。

「どんな素材を使われようが、人に向けての放電が起こり得ないようにしたものです」

「その詳細が書かれたもの……それを山川弁護士に預けたんですね」

「はい……。私にもし万が一の事があった場合、その時には、このシリウスⅡを慎重に慎重を重ねたうえで世間に発表してほしい――、こう言って山川弁護士に渡しました。実際に会ってみて、彼なら信頼に値すると思ったからです。シリウスⅡをめぐって、利権争いが起きるのを見たくないという思いもありました」

「先生は、交換前のシリウスが、素材を替えて悪用されるかもしれないということは考えておられなかったのですか？」

「――当時の技術では、双方向に電気を流せる金属素材の開発はできませんでした。いや、できていないと思っていました。そこを見事に犯人側につかれてしまいました。将来的にはそうした可能性もあると考え、シリウスⅡの設計図だけでも残しておこうと思ったのですが……。私の勉強不足であり、油断がありました。科学者としては失格です。申し訳ありませんでした」

健二は頭を下げた。

「失格だなどとは誰も思っていませんよ。ただ、時間のない中、その道のプロのハッカーたちも相当苦労したようですよ」

山本は笑いながらも、皮肉を混ぜて言った。

「犯人たちも主犯格の黒沢以下、大半が逮捕されたと聞いています。あんな事件はもう二度と起こって欲しくないですね」

健二は何も言わずに頷いた。

「ともかく、今はもう何の心配もないんですよね」山本が言った。

「今動いているシリウスは全て新しく改善されたものです。山本さんもご存じだと思いますが、あれからすぐに最初のシリウスは全て回収されました。初期不良のシリウスが一部に見つかったので、即座に使用を中止するとともに万全を期して新製品と交換する――、との理由でしたよね。本当に、見事なまでに一台残らず回収されました。驚きましたが」

「政府のやることですから。それに環境測定給付金も出ますし、国民は喜んで協力します。国がやることには国民は疑いを持ちづらいものです。ただ、今は誰でも情報の発信が簡単になったため、少し違ってきましたけど」

長い時間健二を拘束したと気づいたのか、山本は質問に対する礼を述べてその場を離れていった。

遠くの陽子が目に入った。健二の知らない男性と話をしている。陽子も健二に気がついたようで男性から離れて健二の方へ歩いてきた。

「山本さん、またこのプロジェクトに戻ってこられたんですね。先ほどお話しさせていただきました。健二さんには最初から良い印象を持っていたんですって。でも、まだいろいろとあるみたいですよ。林田事務次官と」

「そうだろうね。それはそうと、林田さんの奥さんが変なことを言っていたよ。たぶんニーナと勘違いしていると思うけど、陽子さんが超能力をもっていると騒いでいたよ」

「いやだわ。私、超能力なんて持ってないわ」

「それにしても、どうも気になるんだ。無意識の力でヘリコプターを僕のほうへ向かって飛ばすことなんてできるんだろうか。わずかな時間といえども」

「できるはずがないわ」

「でも、現実に――」

「もうおしまい」

陽子は自分の唇にひとさし指を当てて、その話を終わりにさせた。

陽子は、健二の元気な声を聞いているだけで幸せを感じた。

「ところで、あのとき、ディックが嫌なことをあなたに言ったんだって？　ニーナから聞いたよ」

「そうなんです。病院のヘリポートに着いて、健二さんが集中治療室に入ったときでした。きみがヘリコプターをコントロールしたんだな。きみにもそんな力があったとは知らなかった。アメリカへ来て、ぜひぼくの研究を手伝ってもらいたい、と、そんなことを言うんです。健二さんが大変なときに何を言いだすのかと、彼の常識を疑ってしまいました」

「しょうがないやつだな」

「でもね、悪い人じゃないと思うんです。健二さんを探すとき、自分のヘリコプターを使って健二さんを救おうとしてくれたんですから。それに、スーザンには逃げられるし、可哀相な人かもしれない」

実に見事に陽子はディックの術中にはまっていた。あのディックを可哀相な人とは——。だが、確かにディックは可哀相な男かもしれない。

スーザンは、ディックとつきあいながらも、早い時期からアルメニアのテロリストとつながりを持っていた。最初はテロリストの男とは知らずに、甘い恋で始まった黒沢との関係が、いつしかスーザンを思わぬ方向へと向かわせた。シリウスの致命的とも言える欠陥を見抜き、ディックをあやつり、ワイ・ディー電子を納品元へ入れるよう画策したのはスーザンだった。黒沢の高い能力と執念はスーザンの心を虜にしたが、今はスーザンそのものが刑務所に囚われの身である。

「健二さん、明後日アメリカにお帰りでしょ。どうぞお気をつけて。私は今日の最終便で北海道に帰ります。今度はいつお会いできるかしら」

さしあたっての日本出張はない。

健二はどう答えたらよいのか思いあぐねた。

「本城先生」

健二の背後から現総理が声をかけた。落ち着いた心地良い響きをもつ声である。

陽子は会釈をしてその場から離れていった。

47

四月二十日午前十時、健二はサンフランシスコ国際空港に着いた。

駐車場に向かって歩いていると、ポンと背中を叩く者がいる。

振り返ると、陽子が悪戯っぽい目をして立っていた。

「どうしてここに⁉」

健二は驚き、嬉しさで心が震えた。

「北海道に帰ったんじゃなかったの？」

「あれは――、ウソ」陽子は肩をすくめた。

「ユナイテッドで来たんです。健二さんは日本航空でしょ。九時十分に着いてここで待っていました。ドキドキしながら」

健二は陽子を抱きしめたい衝動に駆られた。


ソーサリートの家に向かう車の中で、陽子が問いかけた。

「今日は何の日か分かりますか？　そのために、はるばる日本からやってきたのですけど」

全く見当がつかない。

「がっかり。じゃ、教えてあげます。今日はニーナの二十歳のお誕生日です」

そうか。すっかり忘れていた。

「ニーナと約束していたんです。二十歳のお祝いは、健二さんと三人でソーサリートの家でやりましょうって」


家に近づくと、外に立っているニーナの姿が見えた。

敷地のドライブウェイに入ると、彼女は駆け寄ってきた。

車をガレージに入れるのさえ待ちきれないようだ。手に持っている書類をひらひらと振っている。

ニーナにとって信じられないような誕生日プレゼントが届いたのである。

大学の退学処分が取り消され、復学が認められた。教授会が招集され、特別措置がとられたという。

ニーナは輝かしい二十代のスタートを切った。

頭が良く、若さもあり、容姿も美しいニーナに、医師としての将来が約束されたのである。

さらに、ニーナの村で発見された鉱石は、彼女にとてつもない富を与えてくれた。

コンピュータによる通信が世の中に浸透するにつれ、盗聴技術も進歩するが、盗聴を完璧に阻止する手段として量子暗号なるものがある。しかし、それを普及させるには、通信速度という大きな障害を克服しなければならなかったが、ニーナの土地で見つかった新しい鉱石がこれに福音を与えた。

発信機に、その石の結晶を用いると、これまでの二万倍の速さで通信が可能となったのである。

村の名は、一躍有名になり、その土地の持ち主であるニーナの家族は、タイム誌の表紙を飾るまでになっていた。

誕生祝いがひと段落した頃、ニーナはテラスにいる健二と陽子を部屋の中に呼んだ。

「お二人にお伝えしたいことがあります。二十歳になるまで、そのことを言ってはいけないと、聖なる声に言われていました」

ニーナの真剣な表情に、二人は思わず背筋を伸ばした。

「陽子さん、私はヘリコプターの中で、健二さんの命が燃え尽きようとしているのを感じました。万年筆が氷のように冷たくなっていったのを覚えていますよね」

陽子は無言で頷いた。

「あの万年筆は、亡くなった佑子さんが健二さんへのクリスマス・プレゼントとして買ったものでした。それを渡すことなく死んでしまった佑子さんは、健二さんが、ひと時も離さずそれを持っていてくれるのを、とても喜んでいました」

「でも、あの日に限って、健二さんはそれを書斎に忘れていきました。そのおかげで、私は健二さんを追い続けることができました」

「それが、あんなふうに、氷のように冷たくなった」

陽子が、先を急かすように言った。

「はい。見えていた映像も薄れ、健二さんの姿が見えなくなってしまいました」

「そして突然、ヘリコプターが見えない力に誘導された。そうだね？」

健二が口を挟んだ。

「そうです」

ニーナは、陽子の方を向いた。

「陽子さん、もう健二さんに本当のことを話してもいいですよ。なぜ、あのような不思議な出来事が起こったのかを――」

「私、あのとき、声を聞いたんです。その声が健二さんを救ってくれたんです。こんなことは誰にも言えませんでした。言ったところで信じてくれる人など誰もいないから……」

「言ってごらん」支えるように健二が言った。

「少しずつ意識が遠のいていくようでした。万年筆を受け取ったときからです。そして、とうとう何も分からなくなって……」

健二の脳裏に、崩れるように倒れていく陽子の姿が浮かんだ。

「――夢を見ていたのでしょうか。私はその中で、はっきりと声を聞きました。女の人の声と、大ちゃんの声です。耳元ではなく、おなかの底からわきあがってくるような、そんな感じで聞こえたんです。『死なないで！』と女の人が言いました。そして、『そっちじゃない、こっちだ。こっちへ来い！』今度は力強い大ちゃんの声でした。私の体がどんどん引っ張られていくようでした。最後は二つの声が一つになってゆっくり語りかけてくれました。『大丈夫！　いつもあなたたちを守っています。あなたも健二さんも――、私たちの仲間です。私たちの願いは――、あなたたち二人の幸せです』と」

陽子は涙声になり、聞いている健二の胸も熱くなった。

「――その最後の言葉は、繰り返しながら次第に小さくなっていきました。そして聞こえなくなったとき、副操縦士さんの声が聞こえました。『機長、見てください！』という、あの声です」

うつむき加減で話していた陽子は、言い終えて顔をあげた。

二人はじっと見つめ合った。

健二は、陽子の瞳の中に今は亡き妻の佑子を見た気がした。

健二の目に涙があふれ、陽子の目からも大粒の涙がこぼれ落ちた。

ニーナは、しばらくの間、優しい眼差しで二人を見ていた。

涙をふき終えた健二はニーナの視線を感じた。ニーナは寂しそうな目をして何か言いたそうにしていたが、目線を落とし、立ち上がって外のテラスに出て行った。

「行ってあげて」

陽子は健二の手にそっと触れて言った。

ニーナは泣いていた。

健二が声をかけようとすると、

「お幸せに……」

そう言ってぎこちなく微笑むと、ほどなく、アパートへ帰って行った。

健二と陽子は長い間テラスに出て夜の海を見ていた。

わずかに風が吹き、陽子の前髪が揺れた。

「僕たちは会うべくして会ったような気がする」

健二が海を見たままつぶやくと、陽子は黙って頷いた。


その夜、二人は同時に目を覚ました。

月の光が差し込み、寝室の白いレースのカーテンが風に揺れている。

そのそばに、淡い光の中で輝いて立つ大吾と佑子が、優しく微笑んでいた。

心地良い風がベッドの上を通りすぎた。

カーテンがひときわ大きく揺れ、その風に運ばれるように二人の姿は星のまたたく夜空へと消えていった。

了

山田　典宗
やまだ　ぶんそう

1952年新潟県生まれ。

銀行勤務の後、法律事務所・病院事務長を経て大手コンピュータ・ソフトウェア米国法人社長として米国で暮らす。現在はビジネスの第一線を退き、これまでの経験を生かして様々な活動に従事している。2009年、「狙われたシリウス」が幸福の科学ユートピア文学賞で入選となる。

狙われたシリウス

2011年6月17日　初版第1刷

著　者　山田典宗
発行者　九鬼　一
発行所　幸福の科学出版株式会社
〒142-0041　東京都品川区戸越1丁目6番7号
TEL（03）6384-3777
http://www.irhpress.co.jp/

印刷・製本　中央精版印刷株式会社
落丁・乱丁本はおとりかえいたします

ISBN978-4-86395-136-5 C0093

2008年 映画化

ボディ・ジャック

光岡 史朗 著

お前は、誰なんだ……！ 元学生運動家の中年コピーライターが、幕末の志士を名乗る霊に、いきなり肉体を乗っ取られた!! まだ誰も読んだことのない痛快スピリチュアル・アクション小説。

定価1,365円
(本体1,300円)

幸福の科学ユートピア文学賞2006 受賞作

LINK きずな

平田 芳久 著

人の心を宿そうと努力するロボット「マナブ」の姿に、忘れていた純粋な生き方を見出す早乙女秀一。二人は固い友情で結ばれる――。笑いと感動のロボティック・ファンタジー。

定価1,365円
(本体1,300円)

幸福の科学ユートピア文学賞2007 大賞受賞作

スナフキンの午睡《ひるね》

麦生 郁 著

小説家を夢見る母は、ある日突然、旅に出た。「忘れ物を取りに」という言葉を残して――。とまどいながら行方を追った「私」の見たものとは!?

定価1,360円
(本体1,200円)

フレンドリー・スノー

心に舞い降りた雪の物語

M・スコット・ペック 著
坂本 貢一 訳

ある日、少女ジェニーは、ひとひらの雪〝ハリー〟と出会う。そして、魂の生まれ変わりや、人と人とのつながりの不思議さなどについて、さまざまな疑問の答えを模索していく。

定価1,260円
(本体1,200円)